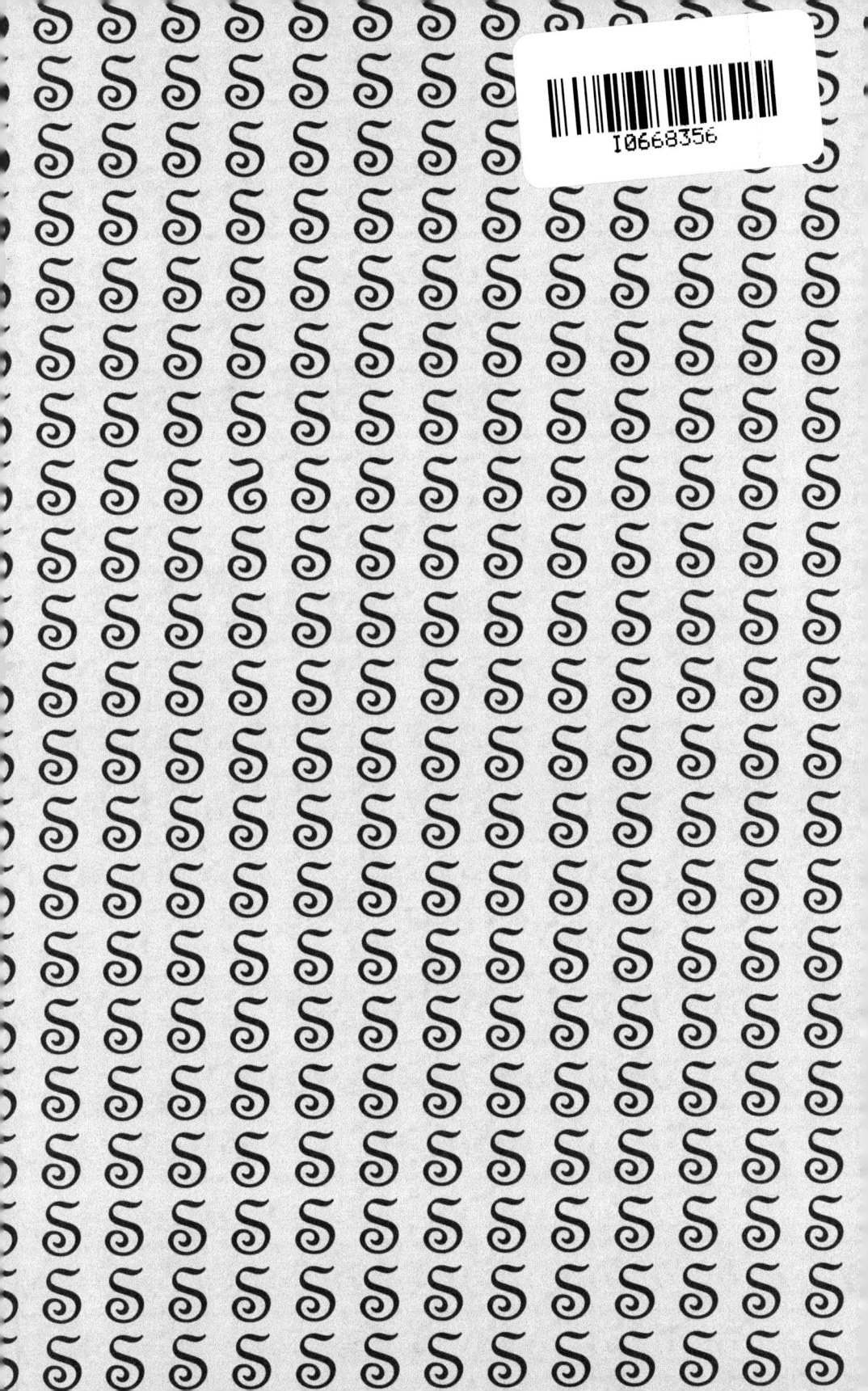

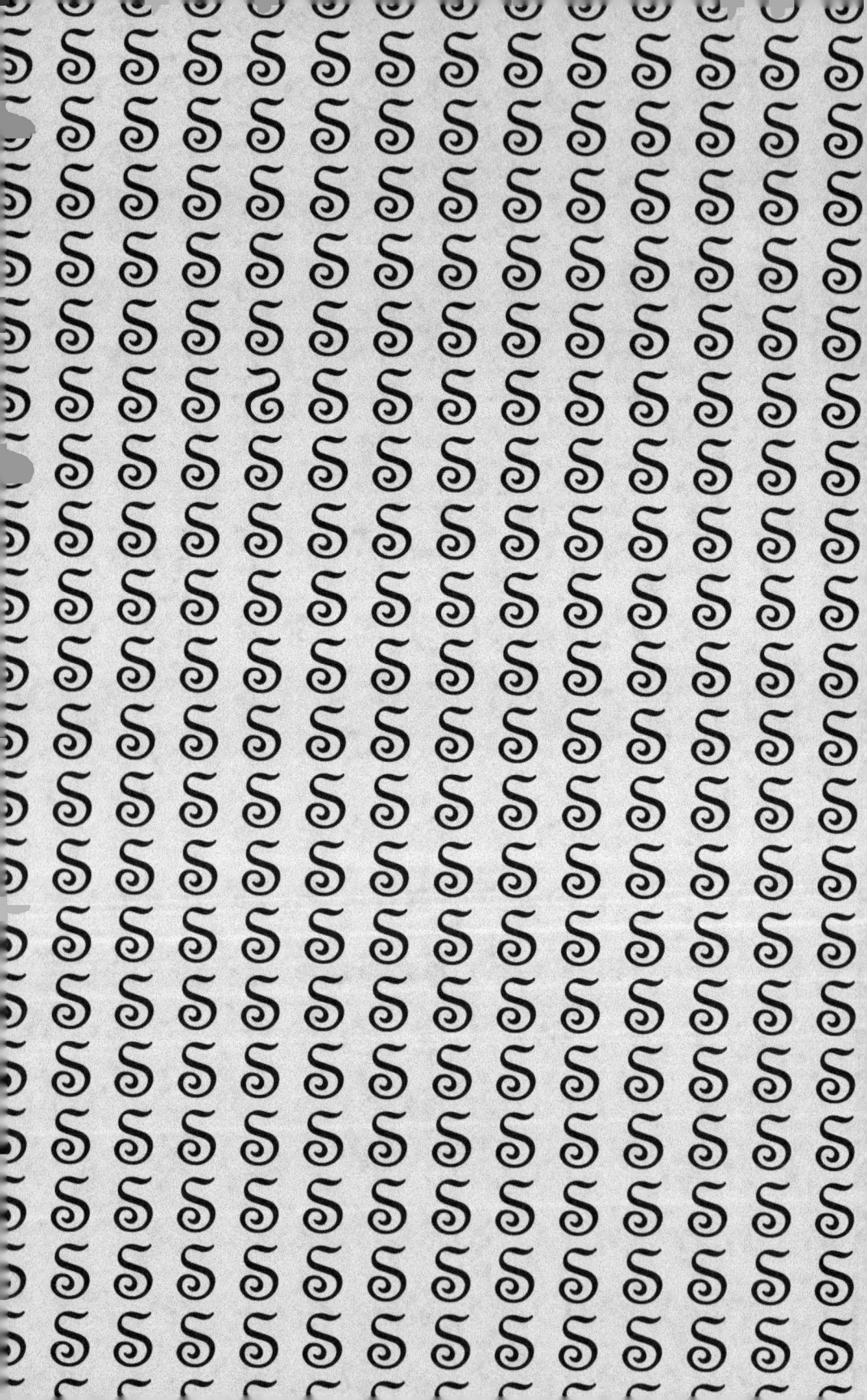

Las Paradojas de Philip Red

Las Paradojas de Philip Red

Julián Marcel

Novelistos al Sur del Mundo

Editorial Segismundo

S

© Editorial Segismundo SpA, 2017-2021

Las Paradojas de Philip Red
Julián Marcel
Colección Novelistos al Sur del Mundo

Segunda edición: Mayo 2017 (versión corregida y aumentada)
Versión: 2.0
Copyright © 2017-2021 Julián Marcel

Contacto: Juan Carlos Barroux <jbarroux@segismundo.cl>
Edición de estilo: Juan Carlos Barroux Rojas
Diseño gráfico: Juan Carlos Barroux Rojas
Fotógrafo de la portada: Juan Francisco Córdoba
Fotógrafo de la contraportada: Juan Francisco Córdoba

Los mapas de las páginas 123 a 126 son cortesía de Google.

Registro Propiedad Intelectual N° 5.336.977 (Argentina)
ISBN-13: 978-956-9544-53-8

Otras ediciones de

Las Paradojas de Philip Red:

Impreso en Chile
ISBN-13: 978-956-6029-63-2

Tapa Dura – Amazon™, etc.
ISBN-13: 978-956-6029-64-9

POD – Amazon™, EBM®, etc.
ISBN-13: 978-956-9544-53-8

eBook – Kindle™, Nook™, Kobo™, etc.
ISBN-13: 978-956-9544-54-5

En la colección *Novelistos al Sur del Mundo*:

Desde la nada – Omar Cansejo

TOKI – Armando Rosselot

Las Paradojas de Philip Red – Julián Marcel

El dolor ajeno – Reinaldo Martínez

Reciclando al Abuelo – Reinaldo Martínez

El Jamón del Sándwich – Le Vieux Coq

Josefov – Guillermo Martínez Wilson

Llueve desde el sábado – Reinaldo Martínez

Reina Madre – Armando Rosselot

Para Jano Marcel, esperando que algún día entienda este libro.

Un libro solamente existe porque otros le dan vida, porque otros al abrir y cerrar las páginas le dan el aire necesario para ejercer ese entretenimiento tan vivo como el de la lectura.

Esos otros, que son míos desde ahora, fueron los que le dieron la vida efectivamente a este libro para que ahora lo tengas en tus manos. Nombrarlos es una obligación, como también entregarles toda mi gratitud:

María Cueto, Alicia Gianfelici, Oriana Di Benedetto, Diego Obholz, Julián Moggia, Gonzalo Beloqui, Sebastián Barrios, Alejandro Tolosana, Martín Ocretich, Jose Muñiz, Candela Ramírez, Alejandra Chaab, Fer Belve. Fernando Marcel, Paola Marcel, Gonzalo Baggio, Sergio Alejandro Iervasi, Mariana Gabriela Feliú Torres, Omar Esteban Barba, Lucía Rodríguez, Damián Carlo, Juan Francisco Córdoba, Mirian Barboza, Gonzalo Agüero, Amalia Gieschen, Carola Zelaschi, Pepe Caceres, Clarita Rodríguez, Ana Sofía Balbi, Rocío Chiara, Daniel Derrico, Guillermo Laurido, Elizabeth Zúñiga Lorca, Alejandro López Palacios, David Rojas (el original), Marysabel Sánchez Bouttó, Sandra Bogado Martínez, Ve Que, Anabel Cipriano, Flavia Angelo, Juan Sixto, Virginia Tassart, Hernán Dardes, Inés La Vía, Micaela Muñoz, Alicia Leiva, Ramón Orihuela, Iris Auteri, Marina Lijtmaer.

Prólogo

E *jercicios literarios que nacieron en una adolescencia, formas de mantener la mano caliente, pretensiones de querer habitar sueños cuando los otros se estaban gastando.* Las paradojas de Philip Red *como cualquier otra historia, tiene su propia historia, que empezó en la soledad de una biblioteca popular de barrio en donde vivo: Paso del Rey. Venía de leer algunas novelas policiales cuando empecé a formar la idea de hacer una yo también. En el transcurso de una tarde terminé de pasar la trama a papel, pensando que podía llegar a escribirla en algún momento. Claro, cuando comencé el segundo capítulo creí que este libro no era lo que se acercaba a mi manera de escribir. Venía de hacer nouvelles con cierto aire costumbrista, cuentos realistas, etc. De hecho, en mis cuadernos personales de aquella época decía con cierta melancolía que ese libro "no me correspondía hacerlo". Y lo abandoné. Pero no a su trama. Es más, recuerdo que regalé la trama del libro a dos* personas, pero por lo que supe ninguno de ellos llevó a cabo el proyecto.

Hacia mediados del año 2011, mi amigo David Rojas me pidió para su sitio web El cuento del día un texto. Y luego de una breve deliberación, rescaté del polvo de mi memoria esta trama. A él le gustó complacido y con unas leves diferencias en su realización, escribí durante cinco meses este libro que fue publicándose a razón de un capítulo por semana. Al menos en el proceso de escritura fueron unos meses felices, porque iba viendo cómo esa obra que había rechazado se iba haciendo eficazmente. Recuerdo que terminé el libro el 31 de diciembre de 2011 a las 21 y media horas de la noche.

Durante fines de 2013 y principios de 2014, entregué este libro a distintas personas que me dieron el aliento necesario para publicarlo, y que gracias a la ayuda del crowdfunding, o la compra anticipada del libro, a principios de 2015 pude obtener las primeras sesenta copias. Y esa obra, que fue creada en la soledad de una biblioteca, vio la luz gracias a la ayuda de amigas y amigos que me apoyaron infinitamente. De más está decir, que en la soledad de esa biblioteca jamás creí que el libro llegue a tener la suerte, el destino, que ahora tiene.

El acto de escribir es la voluntaria creación de generar magias en el lector. Es inevitable decir que quienes reciben el libro, son los que con sus ojos (tus ojos) recogen los frutos que el escritor cosechó. Las paradojas de Philip Red es un libro del que estoy orgulloso de haber hecho. Espero que alguna parte de esa satisfacción corresponda con tu lectura.

J.M.
Paso del Rey, 2016

Primer día

Cuando el detective Philip Red llegó a Paso del Rey generó sorpresa en la población: Nadie hubiese esperado que del tren que venía de Merlo bajase un hombre alto y serio, de piel mate, con un sombrero crema puesto levemente de costado, un sobretodo del mismo color y un par de mocasines negros que le daban un aire de seguridad a cada uno de sus pasos. Era como si Humprey Bogart hubiese bajado del Ferrocarril Sarmiento. Pasó los molinetes, apoyó sus valijas en el suelo, y de su sobretodo sacó un mapa de Paso del Rey que tenía marcada la dirección del departamento donde se iba a hospedar y que serviría de oficina para los ocasionales clientes que requiriesen de sus servicios. Dedujo que estaba a pocas cuadras, por lo que se dispuso a descansar un poco en uno de los bancos de piedra que los ancianos suelen utilizar para jugar a las tardes al dominó, y comenzó a pensar. No había tenido un viaje largo en el tren, pero sí fue agotador porque no pudo sentarse en ningún momento. Huir de los lugares que se aman siempre es un castigo pero a Philip Red ese castigo le generaba adrenalina, y más cuando llegaba a un lugar que no conocía. Ya estaba acostumbrado a huir. En algún momento que no recordaba dónde ni cuándo oyó de un lugar llamado Paso del Rey y le llamó poderosamente la atención su nombre. Pensó que llegar a un lugar que no conocía el día uno de un comienzo de mes era una buena señal para su estadía. Estiró sus piernas de manera visible y se sacó el sombrero para dejarlo en la mesa de piedra. Había cierta cantidad de gente en la plaza. Algunos estaban yendo para el andén y esperar el próximo tren que iba a Moreno, otros descansaban o charlaban y los niños pasaban el tiempo en alguno de los juegos de la plaza. Una abeja llegó a la mesa de piedra en donde estaba y comenzó a zumbar. Parecía que lo observase a Philip Red. El también la contempló y luego azuzó su mano que tenía el mapa enrollado para que se aparte de la mesa y se fue. Sentía que lo miraban. No era extraño: Su vestimenta daba un aspecto de rareza, pero después comenzó a acostumbrarse. Volvió a desplegar el mapa de Paso del Rey y contó las cuadras que le quedaban hasta el departamento de la calle Joly que había rentado poco tiempo atrás a través del aviso publicitario de una revista. Había llamado por teléfono, le anoticiaron de la suma que debía pagar, y que al detective le pareció barato, y pocos días después llegó a la inmobiliaria un sobre con el pago completo de los tres primeros meses. El departamento estaba a cinco cuadras.

Cavilaba en sus pensamientos cuando vio a un joven que se acercaba al lugar en donde estaba. Miró a los costados creyendo que buscaba a otra persona, pero no. Ese joven se acercaba a él. Sin saludar y con total soltura se sentó en frente de Philip Red en ese banco de piedras y dijo:

—¡Qué suerte encontrarlo!

—Perdón, ¿lo conozco? —preguntó Philip Red.

—No, usted no me conoce. Yo tampoco lo conozco, pero sé quién es.

—¿Y usted quién es?

—Perdone mi atrevimiento —dijo el joven sin escuchar la pregunta del detective—, pero jamás creí que podría encontrarlo.

—¿A mí? ¿Acaso soy tan famoso? —replicó irónicamente Red.

—No, no lo es. A no ser que la novela en donde usted está sea reconocida.

—¿La qué?

—La novela en donde está en estos momentos.

El silencio en la cara de Philip Red era tan penetrante que David no sabía cuál podía ser el acto siguiente a esa declaración: Si un insulto o el uso de la fuerza. En tono más demorado, le preguntó:

—¿Usted sabe que está dentro de una novela, no?

—¿Se está mofando de mí?

—En absoluto, señor Red. Yo sólo…

—¿Cómo sabe mi nombre? —dijo en tono grave Philip Red.

—Déjeme explicarle.

—Usted está loco —dijo Red levantándose de su asiento.

—No, en absoluto. Déjeme explicarle. Usted está protagonizando una novela escrita por Julián Marcel. Sé que suena raro pero es así.

—¿Usted quién es?

—Mi nombre es David Rojas —dijo David Rojas—. Encantado.

El joven extendió su mano pero el detective ni se inmutó en extender la suya.

—A ver, querido amigo, hace apenas veinte minutos que puse un pie en este pueblo y lo primero que me vienen a decir es que protagonizo una novela escrita por un don nadie. Déjese de chapucerías, señor. Yo vengo aquí por otros motivos.

—¿Por cuales?

—No son de su importancia. En todo caso, si usted está tan seguro de que soy el protagonista de una novela debería saber a qué vengo. Y qué es lo que me va a pasar.

—Yo no sé lo que le va a pasar.

—Entonces no soy un personaje, querido amigo. Usted está loco. Aléjese de mi vista.

—Señor Red, yo le puedo asegurar que usted es un personaje de novela.

—¿Alguien le dijo que yo iba a estar en este vecindario?

—No, señor Red. Sinceramente, yo tampoco tengo mucha idea de que estoy haciendo acá si no soy de este lugar, sino de Merlo.

—Si no sabe qué hace acá, pregúntele a ese autor.

—Seguramente lo consultaré más adelante pero necesito que me crea: Usted es un personaje creado por otro.

—Miré señor, seré sincero: No tengo ganas de escuchar sus tonterías. Si quiere acompañarme, ayúdeme con el petate que me está pesando.

David Rojas asintió y acompañó a Philip Red a la dirección del departamento que tenía escrito en un papel y que quedaba en la calle Joly. Caminaron las pocas cuadras que había hasta ese lugar en absoluto silencio. Philip Red caminaba cabeza gacha como si ya conociera de memoria las calles de Paso del Rey. David de vez en cuenta lo miraba de reojo pero sólo encontraba un gesto profundo, que escondía mucho más de lo que decía. Quiso preguntarle qué pensaba pero comprendió que con eso se ganaría mucho más la antipatía del detective. Así como a todos, a David le pareció extraño ver a un hombre vestido de ese modo tan especial. No tanto por la combinación sino por la prolijidad de usar un atuendo tan hollywoodense en Paso del Rey. Pero luego pensó en los motivos que habrá tenido Julián Marcel de involucrarlo a él en lo que Philip hiciera. Meditó en que mejor sería dejar que las cosas ocurran para poder encontrar los objetivos. Aunque también, concluyó internamente, por ahí ni siquiera el mismo Marcel los sepa a esos objetivos.

Al llegar a la puerta del departamento, Philip Red esbozó con mucho esfuerzo un "gracias" a su acompañante, pero David lo retuvo unos segundos más para seguir hablando con Philip de su condición de personaje.

—Sé que es una idea descabellada, pero usted es el protagonista de esta novela.

—Mire, creo que ya oí demasiado acerca de esa novela, señor. A propósito, ¿cuál es el título?

Más allá de la sorna con la que le hablaba el detective, David le contestó:

—"*Las paradojas de Philip Red*".

—Vaya, qué título tan torpe.

—Sinceramente, no tengo idea de porqué le puso así. Yo apenas soy alguien que está metido en este texto por insolencia de otro.

—Vea, si usted quiere resolver algún problema existencial, le recomiendo que vaya a ver a un psicólogo, o que se interne en un manicomio. Hay muchos muy buenos. Yo sé que existo, y en esa seguridad voy a hacer las cosas que yo quiero.

—Pero usted es un personaje, señor Red.

—Yo soy una persona de carne y hueso que está hablando con usted. No me moleste más.

David se quedó callado, convencido de que al menos hoy, iba a ser inútil hablar de ese asunto con Philip Red. Tras unos pocos segundos de silencio, el detective habló con voz calma para poder dar fin a esa discusión.

—Mire, yo no conozco nada de este lugar. Le pediría, si no es mucha molestia para usted, que me acompañe hasta algunas manzanas más allá de la estación. Y así conocer algo. Y dar cuenta de que existo, además. ¿Usted tendría tiempo mañana a la mañana de acompañarme?

—Sí, señor Red. Sería un gusto. Además mañana trabajo a eso del mediodía así que si quiere nos podemos ver antes.

—Perfecto, hasta mañana entonces.

Se saludaron con un apretón de manos y David se retiró calles adentro.

Philip Red entró al piso que le correspondía y contempló los cuartos vacíos. Pensó que se le podrían agregar algunos muebles. Sacó de su valijón una pequeña caramañola que contenía whisky. Bebió unos tragos y se dispuso a desempacar. Maldijo su fortuna de haber encontrado de entre todos los habitantes de Paso del Rey al más loco de todos. Él había llegado a ese lugar precisamente para buscar un destino, aunque no tenía entendido bien por qué lo hacía. En ningún momento del resto del día se puso a pensar en su condición de personaje. Solamente pensó que ese tal David estaba loco. Y que la historia de la novela y de ese tal Julián Marcel no existe. En todo caso, habría que pensar la idea de que David Rojas tampoco es real. Que usa ese nombre y que además es miembro de la policía. ¿Pero para qué podrían investigar a Philip Red?

«Esos imbéciles no sirven para nada», pensó.

Philip Red tardó en conciliar el sueño. Recién a la madrugada pudo descansar.

Segundo día

P hilip Red se maldijo el haberle pedido a David Rojas que se acerque al día siguiente de su llegada. Lo primero que este dijo apenas lo vio al detective fue:

—¡Cómo andás personaje!

No sólo le disgustó que Rojas insistiera con la cuestión del personaje sino que también esa molesta confianza le generaba disgustos.

—Sigue insistiendo con eso, caballero.

—No lo tome a mal. Al fin y al cabo no deja de ser la verdad.

—Es que no es la verdad, querido amigo. ¿Cómo se sentiría si yo le dijera a usted "manco" constantemente?

—Pero yo no soy manco.

—Y yo no soy un personaje. Mire, dejemos de lado esta absurda discusión y caminemos juntos un poco por el vecindario.

—¿Vecindario? Acá le decimos barrio.

Empezaron a caminar, tomando la calle Joly hacia el centro de Paso del Rey.

—Siempre dije vecindario.

—¿Se da cuenta que usted es un personaje? Viene con una facha, con una vestimenta que es inédita en este lugar y habla en un idioma bien neutral cuando acá nos la vivimos puteando... insultando, quiero decir.

—Entonces debo ser un extraño para este lugar, para este barrio como le dice usted. Pero si yo veo que en un lugar que conozco llega alguien que viste con ropas que no son las usuales, debería pensar que es un extranjero, que es de algún lugar inhóspito a mis conocimientos, pero jamás creería que sea personaje de una novela. Veo que usted posee una imaginación muy bien desarrollada, señor Rojas.

—No me tome por pelotudo, Red.

—¿Por qué cosa?

—Por pelotudo, por tonto. No me tome el pelo, quise decir.

—Yo no le estoy tomando el pelo. Digo que es una persona que desarrolla bien su imaginación, porque en lugar de pensar que soy un extranjero, prefiere creer en la explicación más disparatada de todas.

—Es que no es disparatada. Yo entiendo su furia o su indignación hacia mí, pero es la verdad. De hecho a mí también me parece rarísimo que pueda hablar con la creación de un tercero, pero bueno, al menos la estoy pasando bien. Usted me agrada, señor Red.

—¿Yo le puedo hacer algunas preguntas a usted?

—Sí, cómo no. Mientras no sean íntimas.

—¿Cómo supo que yo estaba en el parque?

—Debo decirle la verdad: Julián me comentó hace algún tiempo la posibilidad de escribir una novela, con un determinado personaje. Me describió de cabo a rabo la fisonomía de ese ser: Me dijo que era introvertido, un poco peleador, alcohólico, aunque por dentro es un ser sensible, con cierta dosis de melancolía, con mucho amor para entregar a cualquier mujer que le dé un poco de su atención. Y además me dijo cómo era: La descripción que me dio Julián es exactamente tal como es usted. Hasta la ropa que iba a tener describió. Otra cosa que dijo me quedó grabado en la cabeza: Dijo que el día que aparezca ese personaje, o sea usted, la novela iba a estar ocurriendo. No me dijo que iba a estar escribiéndola, sino ocurriendo.

—Debe ser una mera coincidencia mi aspecto con lo que ese señor le dijo. En cuanto a mis actitudes y sentimientos, le puedo desmentir todo categóricamente. Y no soy alcohólico.

—Sabía que iba a decir eso, porque Julián mencionó además que el personaje es desconfiado de las personas que generalmente lo rodean y que con tal de que no lo molesten era capaz de desmentir hasta su propia personalidad.

—Yo no miento ni oculto nada. Directamente no soy así. Pero en cuanto a que la novela iba a estar ocurriendo y no escribiéndose, no hace sino más que confirmar mi hipótesis. Yo soy una persona de carne y hueso con sentimientos y pensamientos como cualquier otro que está en este lugar.

—¿Y por qué motivos está aquí?

—Ya le mencioné ayer que no es de su importancia. ¿Cuántas veces se lo tengo que decir?

—¿Quiere que le demuestre de alguna forma que usted es el personaje de una novela?

Red suspiró sonoramente.

—A ver, demuéstremelo.

—Usted es un detective privado.

—Sí, efectivamente lo soy. Pero creo que lo pudo haber deducido a partir de mi vestimenta.

—Puede ser, pero Julián me dijo todo sobre usted hace más de un año.

—A ver Rojas, no solamente no soy un personaje, sino que esto no es una novela siquiera. Que ese señor Marcel tampoco existe y que usted tampoco es quien dice ser.

—Yo soy David Rojas, si quiere le muestro mi documento.

—Me refiero a que su simpatía es fingida, y se comporta de ese modo para sacarme datos. Usted trabaja para la policía. ¿Qué quiere?

—¿Eh? ¿De la cana? No, por favor. Cruz diablo…

—Mire que usted no tiene que negar que pertenece a la policía.

—No soy de la policía, se lo puedo jurar. Si yo le pregunto a qué viene o qué es lo que hace es porque Julián me lo dijo hace tiempo, de que aquí a Paso del Rey iba a llegar un detective privado llamado Philip Red, y el día que llegue la novela iba a estar ocurriendo. Pero yo no tengo idea que viene a hacer aquí. Es más, pienso que tampoco Julián sabe qué ocurrirá: Nunca me dijo que escribió la novela.

—"*Las paradojas de Philip Red*". ¿Es así el título?

—Sí, así es.

—Vaya, usted se junta con gente desquiciada.

Cuando llegaron a Del Carril, Red volvió a contemplar la plaza en donde pasó los primeros minutos de su llegada. Observó con David el apresuramiento de aquellas personas que compraban o se iban a subir al tren y que como abejas enfurecidas se cruzaban en su destino cotidiano, cuando David lo sacó de sus cavilaciones con un grito:

—¡Ahí está Julián!

Philip divisó a lo lejos a un joven que caminaba en forma apresurada dirigiéndose a la parada de un colectivo que estaba a punto de salir, y esperaba a los pasajeros del tren que venía de Merlo. David lo llamó un par de veces a los gritos por su nombre pero Marcel no reparó en el llamado porque estaba escuchando música en su celular. Subió al transporte y se fue.

—Parece que en realidad el personaje es usted. Ni su creador le presta atención.

—Oiga, no se haga el vivo. No me atendió porque estaba escuchando música.

—¿Y qué piensa hacer?

—No sé. La verdad no sé. Luego le avisaré, creo.

David miró la hora en su teléfono celular.

—Mire, señor Red, me tengo que ir. Debo trabajar. ¿Usted qué va a hacer?

—Caminaré por aquí nomás. Pasearé algunas manzanas y luego volveré al departamento. Le agradezco que me haya acompañado.

David se fue y Philip caminó con paso normal algunas cuadras más que nada para recordar puestos, almacenes, lugares. De entre todas las caras que pasaban, de entre todos los seres sin atractivo que caminaban hubo uno, uno solo que anuló su andar. Era una mujer, joven, de delicados rasgos, de un cabello lacio y dorado, con un cuerpo perfecto, como si la silueta fuese dibujada por un artista. Sus ojos eran claros, pero no pudo identificar de qué color eran. Desde el momento en que Red empezó a contemplarla, la joven caminó con la mirada baja, como concentrada en un pensamiento. Sólo pudo levantar su cabeza cuando ella también empezó a ver a Philip, y lo observó durante pocos segundos. Esbozó una sonrisa y su mirada volvió a la concentración de antes, ahora adornada con un poco de timidez. El no pudo volver a caminar hasta no dejar de divisar a esa forma única de la belleza, que de vez en cuando daba vuelta la cabeza para mirar ese hombre que estaba parado. Después de contemplarla, Philip retomó su postura tradicional y tras un breve pensamiento siguió caminando por Paso del Rey.

«Cuándo podré volver a verla», pensó, «no conozco su nombre ni su teléfono, ni su casa, apenas su cara».

Se maldijo en voz baja y luego de caminar un poco, volvió a su departamento pensando en esa mujer. La conciencia y su corazón estaban dominados por esa sonrisa tímida que era la invitación a un conocimiento. Pese a tener colchones viejos y una cama casi pobre, Philip Red pudo acostarse cómodamente. Ya no pensaba ni en David Rojas ni en Julián Marcel, ni en la mera posibilidad de ser un personaje. Ni siquiera tomó un trago de whisky de caramañola como hacía siempre.   Pensó, antes de dormir, que si bien ni él mismo tenía entendido porqué razón había llegado a Paso del Rey, ahora encontraba en unos ojos claros el motivo para quedarse, y que la buscaría por todos lados hasta encontrarla nuevamente.

Tercer día

*E*stás detrás del poste de luz. Nadie te está mirando entre la semioscuridad de esa esquina. Nadie va a acercarse. Esperas que sea el momento exacto de tu espera y cruzás la calle. Con cuidado sacás el clip para el cabello del bolsillo de tu pantalón con una de tus manos enguantadas y lo ponés dentro de la cerradura. No hay llave del otro lado. Hurgas durante algunos segundos hasta que escuchas un click y abrís cuidadosamente la puerta. Se abre bien. Luego la cerrás con paciencia. Por suerte en la casa no hay alarmas. Caminás con paso muy medido tratando de no pisar nada ruidoso. La casa esta semioscura, las luces de la calle se filtran entre los recovecos que dejan las ventanas y las cortinas. Llegás a encontrar algún sofá, algún sillón. Seguís caminando entre la semioscuridad y el silencio. Escuchás algo. No sabés que es. Es un ruido intermitente que proviene del fondo, sospechás que puede ser el motor de alguna heladera vieja. Pasando por el pasillo comprobás que *el ruido es cada vez más fuerte. En la entrada de un dormitorio que tiene la puerta apenas entreabierta ves un televisor prendido y notás que el ruido que escuchabas era la lluvia de interferencia. Debe haber alguien durmiendo. Te acercás hasta dejar la oreja en el marco de la puerta tratando de no llamar la atención. Un ruido grave acompaña la lluvia de la televisión. Un ruido grave entrecortado. Es el ronquido de un hombre. Salís del umbral del dormitorio y vas pasando despacio por el resto del pasillo. Te dirigís hacia el fondo: No hay nadie. Pasas al lado del baño y tampoco hay presencia alguna. Todo está oscuro en esas habitaciones. Volvés a la puerta del dormitorio que esta entreabierto. En frente de ese lugar hay otro dormitorio. Te acercás con mucho cuidado e intentás abrir la puerta. Hace un pequeño ruido. Intentás minimizarlo y al final podés abrir tranquilamente. Aguzás tu oído para ver si hay otra persona que está durmiendo. No hay ronquidos, no hay respiraciones, no hay nadie. Volvés a cerrar levemente la puerta. Das media vuelta y te acercas a la puerta entreabierta donde está durmiendo alguien. La abrís muy despacio. Es un varón quien está acostado. La cama apenas está desarmada. Está acostado boca abajo, ladeado hacia su izquierda, dándote la espalda. Parece estar cómodo. De tu otro bolsillo sacás la navaja. Y con mayor sigilo aún te acercás hasta ese hombre. Sujetás bien fuerte la navaja desde el mango. Lo alzás. Lo clavás. Decidiste que el mejor lugar para clavar esa daga sea el omóplato. Hundís bien fuerte el objeto hasta que el mango toque la piel muerta del hombre. Ese infeliz ha muerto. El hombre apenas se movió. Contemplas el cadáver como si fuese una obra de arte y pasados unos segundos decidís retirarte. En pocas horas la casa empezará a llenarse de un olor acre entre el olor de la navaja y la sangre que se entrevé desde la herida. Quizás en pocos días empiece a pudrirse. No intentás sacar el objeto de la espalda del muerto. Dejás la televisión prendida. Dejás que la lluvia de interferencia sea el único ruido que persista en la casa. Te acercás hasta la puerta principal. Tus pasos suenan seguros. Acabás de matar un hombre. Abrís la puerta de la entrada y ves que uno de los postes de luz está apagado, lo que permite que puedas retirarte con la convicción de que nadie te va a estar viendo. Cruzás la calle, y en la primera esquina que divisan tus ojos, doblás.*

Cuarto día

El tercer día de Philip Red en Paso del Rey estuvo plagado de ocupaciones. Durante la mañana caviló sus pensamientos sobre qué debía hacer con urgencia: Si guardar todos sus petates y ordenar lo que quedaba del departamento para cuando lleguen los ocasionales clientes, o ir a la agencia de avisos clasificados a publicitar sus labores. Resolvió ir primero a la agencia de clasificados. Se maldijo cuando entró al lugar y vio que había tres personas esperando para hacer su anuncio. Pensó que lo mejor que podía hacer era llevar un libro, pero creyó que iba a estar poco tiempo. Se dedicó a escuchar las conversaciones que pudiese haber entre los clientes y la persona que atendía en la agencia. El primero iba a publicitar el alquiler de un departamento de dos ambientes que quedaba en la villa Sambrizzi. Iba a pagar una sola línea y debía ser lo más escueto posible.

Después de idas y vueltas el aviso iba a quedar "DEP 2AMB ALQ D.DIR." y un número de teléfono. Le siguió un señor mayor que quería dejar un aviso para poder vender sus revistas de humor de los años 60 y 70. Pagó por dos líneas, saludó al encargado de la agencia y cuando se estaba yendo, el rostro de ese señor era el de alguien que debía renunciar a un tesoro. O al menos así creyó notarlo Philip Red cuando vio que los ojos de ese caballero estaban cargados de lágrimas. Le siguió un hombre de voz ronca y amplia barriga para promocionar una casa de masajes. Tenía una camisa floreada abierta hasta el tercer botón, colgaba muchos collares, y a pesar de que no hiciese tanto calor, el hombre estaba visiblemente transpirado. Pagó lo correspondiente y se fue de la agencia. Le tocaba el turno a Philip Red.

—Señor, su turno —dijo el empleado.

Philip Red se sentó y le dijo que quería publicar un aviso para su agencia de servicios.

—Como no. ¿Qué aviso quisiera publicar?

El detective le alcanzó un papel que decía: "DETECTIVE PRIVADO. TOTAL DISCRECIÓN. INFIDELIDADES. POLÍTICA. TODO LO QUE DESEE SABER" y su número de teléfono.

—Disculpe que me meta en lo suyo —dijo el hombre de la agencia —pero ¿usted es el detective?

—Sí, así es.

—Uy, qué bien... siempre quise ser detective, ¿sabe?

—No me diga.

—Sí, siempre me gustaron los detectives. ¿Es fácil serlo?

—No, pero tampoco es imposible. Se necesita un poco de sagacidad, astucia y sobre todo valor porque nunca se sabe qué puede pasar.

—Dígamelo a mí. Una vez trabajé con alguien que no me pagó un trabajo que le estaba haciendo y de un día para el otro desapareció de mi vida. Entonces me decidí a investigarlo por mi cuenta. Investigué como pude pero lo encontré al final.

—¿Y qué hizo?

—Lo agarré a trompadas.

—No, qué investigación realizó quise decir.

—Ah. Investigué por las redes sociales, averigüé los datos de su nombre, algún mail que tenía, contacté a otras víctimas… cosas así. El tema es que pude averiguar dónde vivía y lo esperé y lo recontra cagué… perdón, lo agarré a trompadas. Hubiese sido más astuto pero no me quería meter en problemas.

—¿A qué tipo de astucia se refiere?

—Usted sabe.

Algunos segundos más duró esa charla hasta que Philip Red pagó el aviso y volvió a su departamento.

Al volver, Red dedicó el resto del día a ordenar su equipaje que incluía libros, ropa y zapatos. Entre todos los autores que desfilaban de sus libros aparecían Simenon, McCain, Highsmith, Conan Doyle, Caspary pero también mucha poesía y diversos cuadernos que servían de diarios personales. Por debajo de todas sus valijas aparecían decenas y decenas de papeles en donde Red ensayaba durante algunos minutos unos versos. Comprobó que las facturas de teléfono y de electricidad junto con las de gas y agua estuviesen pagas, y a la noche durmió exhausto. Mas había una ansiedad de que los primeros clientes aparecieran. O por lo menos que sepan que él estaba para resolver casos. Como un zigzag la imagen de la joven de ojos claros aparecía en su cabeza. No deseaba en absoluto que ella fuera a su agencia, sino encontrarla nuevamente en la calle como la primera y única vez, para saber su nombre, sus gustos, sus miedos. Todo. Durante todo el día estuvo ordenando los libros, su ropa y guardando papeles. Casi sin hablar durante todo el día, recién pudo dormir a las dos de la madrugada.

Se despertó a las diez de la mañana. Tomó un café bien cargado mientras miraba la pantalla de Crónica que mostraba como primicia el suceso en el que un concejal había sido asesinado de una apuñalada por la espalda mientras dormía en su casa de la calle Intendente Corvalán al 2200. Tardó varios segundos en darse cuenta que eso había ocurrido en Paso del Rey hacía pocas horas. Prestó mucha atención a las declaraciones del hermano de la víctima que expresaba a voz viva el pedido de justicia por su hermano, el hartazgo que le provoca la inseguridad y la ineficacia del gobierno por solucionar las cosas que "le preocupan a la gente". Pocos segundos después mostraban al cuerpo tapado con una sábana blanca ensangrentada mientras los amigos y familiares del concejal lloraban. Oyendo las declaraciones de rigor de la policía, en la que decían que se iba a investigar profundamente todas las pruebas recogidas para poder encontrar al asesino, Philip Red pensó que si a esta altura de las circunstancias no tenían una pista para poder dar con el criminal es porque no iban a querer encontrarlo. Cuando terminó el informe en Crónica acerca del asesinato, Philip Red apagó el televisor y prendió la radio. Sintonizó una música clásica de mala calidad en una señal y la dejó, esperando. Esperando se quedó dormido en la mesa de su escritorio cuando sonó el teléfono. Atendió, restregándose un párpado y del otro lado una voz femenina habló:

—Buenos días, ¿hablo con el señor Red?

—Así es. Él habla. ¿Con quién tengo el gusto de hablar?

—No le puedo decir ahora mi nombre, pero necesito verlo urgentemente.

—Está bien, ¿dónde quisiera que nos encontremos?

—En una hora en la plaza de la estación de Paso del Rey.

—Perfecto. Allí estaré.

La mujer cortó. A Red le llamó la atención ese tono misterioso del llamado. Dudó entre ir a la plaza o no pero le pareció que dentro de todo ese enigma en la voz, había una necesidad de querer quitarse un dolor de encima. Sólo deseaba Red que no fuera de esas mujeres que mandan a investigar a sus maridos y saber si le son infieles. Maldijo en voz baja su ineptitud para hacerle saber que él cobra partes por adelantado, pero se lo iba a decir en su momento. Se bañó, se afeitó, se perfumó y se puso ropas que eran falibles para disimular su condición de detective. Casi olvidó su pequeña navaja, compañera inseparable de sus días. La guardó en el bolsillo trasero de su pantalón. Mientras iba camino a la plaza creyó que debía estar de buen aspecto porque algunas mujeres lo miraban con cierta curiosidad. Internamente creyó que debió vestirse de ese modo por si en algún momento encontraba a la joven de ojos claros. Pensó inútil esa posibilidad a medida que se acercaba a la plaza. Antes de llegar, compró el periódico Clarín para ver si habían dejado el aviso de su agencia en los clasificados. Lo que sí encontraba a cada cuadra eran los rostros curiosos pero ausentes de ironía de los vecinos del barrio. Philip Red vio que los bancos de la plaza en donde debía encontrarse con esa mujer estaban ocupados por los ancianos que se dedicaban a jugar al dominó o a algún juego de naipes. Se quedó esperando porque había llegado antes de horario. Escrutó durante algunos minutos en el periódico para comprobar si aparecía el aviso de su agencia. Al encontrarlo, deseó para sus adentros que alguien relacionado con la familia del muerto pueda comunicarse con él. En el periódico, como era de esperar, no había aparecido la nota del concejal que fue asesinado en la madrugada. Empezó a hojear el diario por la sección de policiales para ver cómo andaba la actualidad del crimen. Le llamó la atención la cantidad de asesinatos a manos de hombres a sus parejas mujeres. Le quedó en la mente una palabra que no había leído en otro lado: "Femicidio". Leyó de asesinatos por cuestiones menores, por una caja de vino, vio noticias de mujeres abandonando bebés, prófugos que hacía mucho tiempo no aparecían. Todos los delitos son iguales.

«No importa el misterio», pensó Philip Red, «importa el método. Los muertos son menos importantes que el arma que los mata».

Una abeja zumbaba cerca de donde esperaba a su primera clienta. Había varias flores alrededor de él. Sintió que lo estaban observando, pero no había nadie. Se secó el sudor acumulado en su frente y esperó.

Del otro extremo de la plaza, notó que venía caminando una mujer de aproximadamente treinta y cinco años, cabizbaja, de cabello oscuro y poca belleza. Al divisar al detective, empezó a caminar hacia él y en voz casi imperceptible le preguntó si era Philip Red. Él lo afirmó, y ella tomándolo de un brazo le dijo:

—Necesito de sus servicios.

Fueron en silencio hasta el café Libertad y tras pocas palabras de rigor ella habló:

—Mi nombre es María. Soy la cuñada de Miguel, el concejal que mataron esta madrugada. Imagino que sabe de qué le estoy hablando por la difusión que tuvo el tema. Mi angustia y mi consulta con usted es que la policía no ha encontrado pistas serias sobre el caso. Y sinceramente creo que algo se está escondiendo detrás de este asesinato porque nadie me dice nada concreto. La verdad, pienso que todo esto está relacionado con la profesión de Miguel.

—¿Usted me está hablando de un asesinato político?

—Creo que sí. Miguel era concejal por la oposición aquí en Moreno. Y la policía, sobre todo el comisario de la seccional del lugar, es amigo personal del intendente. Que forma parte del bando contrario a Miguel, era radical.

—¿Había una rencilla entre ambos hasta antes del asesinato?

—No, la verdad que no, pero lo que sí había era un reconocimiento por parte de muchas personas del barrio que apoyaban la propuesta política de Miguel. Y él no necesitó sacarse fotos con la presidenta para poder figurar en un cartel en pleno centro del barrio. Miguel dejaba afiches, hacía pegatinas con otros amigos, militaba, ese tipo de cosas. Ese reconocimiento se ve que le molestó a la gente cercana al intendente. Usted vio, en la política se hacen más enemigos que amigos.

—¿Y usted desconfía del intendente o de gente cercana al intendente?

—La verdad no tengo mucha información sobre eso, pero de lo que sí puedo hablarle es de un tal Carril. Sinceramente no tengo mucha idea de quién puede ser esa persona. Mi marido hablaba mucho de política con Miguel y no sentía que alguien lo estuviera amenazando. De haber sido así, seguramente tendría algún guardia de seguridad cerca de la casa esa noche en vez de que la policía deje como tantas noches la zona liberada.

—¿Siempre dejaban la zona liberada?

—Sí, para qué mentirle. Muchas veces lo hacen para que los chorritos afanen lo que quieran.

Philip Red se sintió confuso al oír las palabras "chorritos" y "afanen". Pero dedujo que eso era un delito.

—Sepa disculparme señor Red por la poca información que le estoy dando. En mi corazón siento que hay algo que se está escondiendo por entre las personas y que no deja que este asunto se arregle. Yo lo quería mucho a mi cuñado, era una persona buena y la verdad no se merecía el final que le dieron.

—Quédese tranquila señora, yo voy a dar lo mejor de mí para que este asunto se resuelva.

—Además tengo mucho miedo de que las próximas personas sean alguno de mis hijos, mi marido o yo misma.

—¿Y por qué habrían de hacerle algo si el principal opositor ya está eliminado?

—Porque tengo la idea de que si se llega a escarbar más profundo seguramente vamos a encontrar algo bastante fuerte.

Philip Red no dudó un segundo en tomar el caso. Le apasionaba la idea de tomar estos casos a pesar del riesgo que implicaba. Acordaron ambos los asuntos de rigor, y luego Red con cierta timidez le pidió el adelanto del caso a María. Ella no dudó un segundo en pasarle una buena cantidad de dinero que impulsaban a Red a comenzar su investigación. Le dijo que en una semana iba a tener noticias sobre el caso y que no comente el tema de la investigación con nadie. Ella asintió y después de un breve apretón de manos, María se atrevió a abrazar a Philip Red. Ese gesto le sorprendió.

María se retiró del bar y Red volvió a sentarse en su silla.

Anotó el apellido de ese sospechoso que la mujer nombró: Carril.

Luego empezó a pensar estrategias de investigación. No debía comenzar el caso por lo que ya estaba siendo investigado, sino por lo que no se estaba diciendo. Quizás desde esos lugares oscuros valga la pena comenzar. Era la primera clienta, no había que decepcionarla.

Volvió a su departamento, decepcionado por no haberse podido cruzar con la joven de ojos claros.

Quinto día

El quinto día de su estadía en Paso del Rey, Philip Red decidió investigar a fondo las conexiones tanto políticas, como afectivas que Miguel Aguirre podía llegar a tener en el país. Lo entusiasmaba a Red la posibilidad de estar investigando un crimen político. Recortó la noticia del asesinato del concejal y subrayó algunos puntos específicos como la dirección, el nombre de la víctima, el horario, etc. El asesinado parecía tener cierto renombre pero únicamente dentro del ámbito de la oposición al gobierno que estaba en el poder en Paso del Rey. A desgano, pues creía que Internet y las redes sociales eran inútiles herramientas que simplifican una investigación, consultó los perfiles que Aguirre tenía en Facebook y Twitter y más que encontrar partidarios políticos en ambos sitios no pudo ver más. Según constaron en los medios de comunicación y en los portales de Internet a Aguirre no le robaron nada, así que bien puede conjeturarse al asesinato como una venganza o un ajuste de cuentas. Anotó la dirección en donde había muerto el político: Corvalán al 2200.

«Es muy simple razonar», pensó Red, «que si se fijan en una venganza o en un ajuste de cuentas los ojos van a estar más puestos sobre los contendientes, es decir, en el gobierno actual. Sin embargo, viendo y reviendo la lista de sus contactos y la actividad que él desarrollaba en ambas redes sociales las sospechas se le hacían inciertas. No aparecía nadie que pudiera ser ciertamente sospechoso. La política es un juego en donde las maniobras más habituales se proyectan sobre el otro a vencer, hacia el afuera. Hoy por hoy estos politiquillos usan y abusan estos medios para tirar ascos a sus enemigos, pero en cambio en Aguirre no había de estas acusaciones, sino proyectos, saludos, bocetos de leyes, destacaba buenas noticias, etc. Siempre en un tono cordial. La clave no es buscar en lo que se ve, sino en lo que no se ve ni se sospecha. Había que buscar en los camaradas políticos un atisbo de sospecha. En esos que no dudarían un solo segundo en clavarte un cuchillo por la espalda con tal de llevar siervos a su corral. Quizás, ese cuchillo en la espalda es un mensaje. El mensaje de alguien que él conocía muy bien».

Esa sospecha, la de encontrar el asesino entre sus partidarios políticos, iba a ser algo más complicada. Decidió buscar nuevamente el nombre de Miguel Aguirre en los portales de Internet o en diarios locales o zonales. Y ahí Red encontró algo: De entre todas las apariciones gráficas en las que estaba Aguirre, cerca de él había una mujer, entrada en años pero que conservaba una figura atractiva. Miró los epígrafes de las fotos en donde ambos aparecían para poder dar con el nombre de esa mujer. Era pelirroja, alta, ojos claros y un rostro bello. Al fracasar en ese intento Philip Red buceó nuevamente en las redes sociales para poder encontrar a esa extraña dama. Estando en Twitter vio los estados cada vez más reiterados que el fallecido tenía con un usuario de nombre extraño @claucr. En esos estados, este usuario se quejaba de frases o noticias que Aguirre dejaba y le recriminaba otras que no podía comprender Red su significado. Entró en el perfil público de ese usuario y para su regocijo el detective vio que era la misma mujer de las fotos.

—Aquí hay algo —dijo en voz baja.

Su nombre era Claudia Martínez y era concejal de la oposición en Moreno, más precisamente de la UCR. Red volvió a ver las fotos en donde esta mujer y Aguirre mantuvieron contacto y entre la más vieja y la más reciente de las notas había una diferencia de diez días. Y la más vieja de las fotos databa de hace un mes atrás. Los reproches que Martínez, como @claucr, le hacía a Aguirre fueron hechos el día uno durante gran parte del día.

—Este es otro dato —dijo Red tomando en cuenta la fecha en la que fue asesinado Aguirre, es decir, el día tres a la madrugada.

Anotó el nombre de la concejal y buscó información sobre ella. Era dirigente del partido radical desde hacía unos ocho o nueve años y en 2007 asumió como concejal en Moreno. Al igual que Aguirre esta mujer empezaba a hacer notar su nombre en el ámbito local pues tanto su grupo de Facebook como de Twitter tenían más de tres mil seguidores, casi la misma cantidad que el fallecido.

—Malditas redes sociales —dijo Philip Red—. Sólo sirven para ser populares con su inutilidad.

¿Cuál es la posibilidad por la que Martínez como Aguirre se enemistara? Red hizo memoria del apellido que la hermana del concejal le había dado: Carril. Unos pocos segundos transcurrieron para saber que Carril, Víctor Carril, era el marido de la concejal Martínez. El detective lanzó un suspiro que sonaba a una fatal resignación.

—Al final, todo parece ser un problema de corazón. Lo más seguro es que esta perra le haya sido infiel a su marido con el pobre infeliz de Aguirre.

Buscó información sobre Víctor Carril pero grande fue su decepción al saber que este era un empresario local y que no tenía vínculos con la política salvo por su mujer.

—Maldita sea —dijo Philip Red—. Aguirre, harto de ser el tercero decidió terminar con esta perra. Y ella seguramente no lo habrá soportado. Y lo mandó a matar.

La posibilidad de encontrar un suceso político de renombre se había esfumado lentamente. Cerró todas las páginas de su computadora, salvo el perfil de Facebook de Martínez.

Desde la puerta de su departamento golpearon tres veces que interrumpieron la breve maldición de Red hacia esa concejal.

—Por lo menos, es un caso resuelto —dijo casi sin convencimiento.

Preguntó quién era. La voz del otro lado no lo tranquilizó:

—David. David Rojas. Traje facturas.

Otro suspiro surgió de las profundidades del detective. Abrió la puerta con desgano y del otro lado Rojas con un paquete blanco iluminó el departamento.

—¿Qué hacés che, tanto tiempo?

—Bastante ocupado en mis asuntos, como verá.

—Sí, ¿pero para clavarte una medialuna no tenés tiempo? —dijo Rojas entrando al departamento.

—¿Una qué? —preguntó Red.

—Una medialuna, un copetín dulce.

—Bueno, mientras sean ricas…

—No sabés lo que son —dijo Rojas, dejando el paquete en la mesa—. Che Red, ¿viste que lo apuñalaron a un radicheta de por acá?

—¿A un qué?

—Uy, perdoná que sea tan raro para hablar. Pregunté si sabías que acuchillaron a un concejal del partido radical acá en Paso del Rey. Fue a la madrugada.

—Sí, sí, me he enterado por la televisión. Un asunto bastante feo...

—¿Y vos en qué andabas?

La campechanía con la que David le hablaba a Red lo sorprendía más y más al detective pero por primera vez no se molestó.

—Es un caso que me encargaron, un asunto de infidelidad, cosas así...

—Ah, ya tenés clientela. Bien che, te felicito.

Rojas se acercó a la mesa en donde Philip Red estaba trabajando y vio el perfil de la concejal Martínez.

—Yo conozco a esta chica —dijo Rojas.

—¿De veras?

—Ajá. Es amiga de una amiga. Se fue del país hace como un mes con el marido.

La sorpresa que Red sintió al escuchar esa última oración fue notoria, pero debió disimularla.

Parecía un caso resuelto pero esa inocente intromisión de Rojas obligaba a comenzar de cero. Si se fue hace un mes del país con su marido eso quiere decir que en realidad no era ella la que instigó a que mataran a Aguirre.

—¿Cómo?

—Que se fue del país hace un mes con el marido.

—¿De veras?

—Sí, una mina copada, lástima que sea radical.

No había nada por la que se la pueda culpar porque en el mismo momento en que ella estaba fuera del país, reprochándole a Aguirre asuntos políticos, al pobre infeliz lo mataban. No había nada de pruebas que certificaran un posible contacto entre ambos. Aguirre actualizaba constantemente sus perfiles pero la concejal Martínez no. Ojeó entre el silencio que esa frase de Rojas dejó que la última actualización del grupo que ella había hecho fue un mes y medio atrás. No había un crimen político, pero tampoco había algo simple como una infidelidad. No había nada.

—No lo sabía. ¿Y por qué se fue?

—No ni idea, la verdad. ¿Por qué tiene su foto acá?

—Fue un dato que obtuve a través de las investigaciones. Nada más. Es pura casualidad. Imagino que en este vecindario todos se conocen.

—Lo dudo. Cincuenta mil personas no se conocen entre sí.

Un silencio ocupó la habitación. Rojas no quiso indagar más en ese caso. Sintió que había cometido un error al revelar ese dato del viaje. Un solo segundo bastó para que David comprendiera en el rostro de Red una profunda bronca contenida. Luego se dedicó a abrir el paquete de facturas que había traído.

«Un caso perdido no es un caso nada más», pensó Rojas, «es dinero que se pierde, clientes que se borran, publicidad que no aparece, agencia que se funde».

Quiso pedir disculpas pero Rojas prefirió cambiar de tema:

—Yo me tomaría un té. ¿Y usted?

Red levantó la vista y dijo sin énfasis:

—Sí, un té estaría bien.

—Vamos hombre, no se aflija. Hace cinco días locos que está acá. Encima que no quiere reconocer que es un personaje de una novela negra, viene a hacer drama por una mina como esta. De seguro que esa rubia le metió los cuernos al marido. De los cuernos y de la muerte nadie se salva, dice la frase ¿no?

—Sí, tiene razón —dijo complaciente Red a su interlocutor dándole la razón. Y prosiguió: —Pero le sigo advirtiendo que yo no soy ningún personaje. ¿Cuántas veces se lo tengo que decir?

—Hasta que lo convenza: Usted es un personaje, Red. No sea terco, quiere. Y se lo repito eh: Usted es un personaje, usted es un personaje, usted es un personaje, usted es un personaje…

—¡Bueno basta! Me va a terminar convenciendo por hartazgo.

—Bueno, pero de alguna manera tengo que hacerlo…

Philip Red miró a David Rojas y por primera vez desde su afincamiento en Paso del Rey vio en él un atisbo de confianza: Más allá de su terquedad, de su campechanía, de la rápida confianza que él se toma con el detective y de su insistencia sobre asuntos novelísticos, Philip Red detectó un principio de amistad con ese joven. Probablemente en Rojas haya algo parecido, pensó. Y creyó que era momento de confesarle.

—Yo le puedo demostrar que no soy un personaje: Me estoy enamorando…

—No me mire raro Red. No soy puto.

—No, querido amigo. Creo que me estoy enamorando de una joven que vi hace unos días. No dejo de pensar en su belleza, en cómo se llama, en las costumbres que tiene, en lo que hace y no hace. Fueron pocos segundos los que la vi, y aún así no dejo de pensar en ella. No creo que eso pueda sentirlo un personaje de novela.

—¡Ah, con que se me está enamorando el picarón eh!

—No se burle de mí, amigo. La verdad que desde que vivo aquí no he encontrado algo tan parecido a la perfección de la belleza.

—De todos modos, creo que eso también puede sentirlo un personaje de novela —replicó Rojas.

—Créame que no.

Por primera vez, Philip Red se sentía cómodo en Paso del Rey para hablar de sí mismo y de lo que le pasaba.

Sexto día

L *o ves. Está saliendo de la casa. Cerró cuidadosamente con llave la puerta principal y aguardas que termine de arreglarse la ropa mientras va saliendo. Dejás que camine algunos pasos. Mirás a tu alrededor. Dentro de una hora van a empezar a salir la gran mayoría de las personas para ir a sus labores o en su defecto a llevar a sus hijos al colegio. Comenzás a seguirlo de atrás al hombre. Lentamente. El amanecer empieza tarde todavía por lo que podés realizar tu trabajo sin el miedo a que te vean. No pasan autos ni bicicletas ni motos. Solamente están presentes los dos, separados por varios metros. No sospecha que lo estén siguiendo. El hombre se detiene en la esquina. Está tranquilo. Seguís atrás, caminando. Faltan pocos metros, aminorás el paso para sacar de tu parte trasera del pantalón el revólver con silenciador. Tus manos están protegidas con guantes, toman fuertemente el arma. Puede ocurrir que estando a pocos metros el hombre sospeche que lo* estén siguiendo, porque a pesar de estar usando zapatillas deportivas los pasos pueden oírse. Notás que el hombre lleva un reproductor de música a un volumen alto. Sujetás fuerte el revólver, lo elevás y ubicás su caño en la nuca del hombre. Este hace un gesto de sorpresa: Le sacas los auriculares de su reproductor de sus oídos. Los nervios de ese sujeto empiezan a hacerse piel. No hay nadie alrededor.

—Está todo bien, está todo bien…

No decís nada.

—Te entrego todo lo que quieras, amigo. ¿Querés la billetera, el iPod, la valija? Te lo doy, macho, te lo doy.

No decís nada.

—Decime qué querés y te lo doy, de verdad, pero no me hagas daño, por favor.

No decís nada.

—¿Querés faso, blanca, paco? Tengo de la buena. Pedime lo que quieras y te la doy.

No decís nada.

—¿Te mandó el Oreja? Queda entre nosotros. De verdad.

No decís nada.

—No me hagas daño, por favor.

No decís nada.

Apretás el gatillo. Casi no se escucha la detonación. El silenciador cumplió su trabajo. El hombre cae de boca al suelo. Tirás el arma a su lado. Das media vuelta. Seguís por el camino que tomaste antes. Nadie te está observando.

Séptimo día

Y a se habían ido todos. Los policías, las cámaras de televisión, los periodistas, la ambulancia con el muerto listo para llevarlo a la morgue. Todos. La tarde caía en la esquina de Segundo Sombra y Coronel Dorrego en Paso del Rey. Philip Red estaba desde hace ocho horas en ese lugar tratando de buscar certezas acerca de la presencia del asesino en el lugar de los hechos.

A las once de la mañana, llamaron a Philip Red a su teléfono. Oyó una voz cavernosa que era de mujer.

—¿Qué necesita? —preguntó el detective.

—Acaban de matar a mi marido hace algunas horas.

Le sorprendió la sequedad con la que la mujer hablaba de la muerte de su marido.

—¿Hace algunas horas?

—Sí.   Necesito de sus servicios de manera urgente.

Esa respuesta lo sorprendió. Mantuvo su postura y preguntó:

—Como no. ¿Cuándo desea que nos veamos?

—¿Puede ser ahora mismo?

Philip Red vaciló brevemente pero respondió de manera afirmativa.

—Perfecto.   En una hora en la esquina de Segundo Sombra y Coronel Dorrego lo va a pasar a buscar mi hija.

La convicción de esa cavernosa voz le generó una extraña sensación a Philip Red. No solamente tenía que agarrar ese caso. Tenía que presentarse en ese lugar pronto.

—Está bien —contestó.

—Le agradezco. Su ayuda es muy importante para nosotros.

—¿Por qué tan importante? ¿La policía no está investigando?

—Estoy segura que esos hijos de puta mataron a mi marido.

Aceptó el convite y se dirigió a la esquina que, cuando llegó, estaba repleta de personas, mayormente curiosos. La policía estaba tapando un cuerpo con una bolsa gris de nylon, había dos móviles de televisión y mucha gente que espiaba sobre el hombro de otro para ver ese cuerpo tendido. Un reportero le hacía una nota al jefe del operativo en donde decía que había incautado el arma homicida que estaba al lado de la víctima. Red miró a sus alrededores hasta que una joven lo tomó del brazo.

—¿A usted lo mandó Marta? —preguntó ella.

—Sí —dijo sin titubear el detective.

La mujer lo llevó a una casilla cercana al asesinato, sobre la calle Segundo Sombra. Cuando llamó a la puerta una voz grave se oyó del otro lado preguntando quién era:

—Soy yo, la Yoli —dijo la joven.

Un muchacho alto y corpulento abrió la puerta. Tenía un revólver en la cintura. Esa adrenalina inesperada le gustaba a Philip Red, sentía que estaba en el lugar correcto. Lo llevaron a una pieza cercana y en una silla estaba una mujer algo adulta, de aspecto serio y sin ningún atisbo de tristeza.

«¿Será la viuda?», se preguntó Red.

—Siéntese por favor —dijo la mujer.

Era ella, esa voz cascada era la misma que lo había llamado.

—¿Desea algo para tomar? —preguntó amablemente.

—Un vaso de agua está bien —dijo el detective. Y luego preguntó: —¿Qué necesita de mí?

—Como usted sabrá, han matado a mi pobre Julio. Le metieron un tiro en la cabeza. Lo mataron a sangre fría unos hijos de puta. Necesito saber quién lo hizo para poder hacer justicia.

—Usted me dijo que lo más probable es que la policía haya matado a su marido.

—Así es. Así lo pienso. Verá usted, en el barrio aquí tenemos muchos contactos debido a que somos comerciantes locales.

—¿Y qué es lo que venden?

—No creo que sea de su importancia.

—Yo creo que sí es importante. Si me abre la puerta alguien con un arma en la cintura debo conjeturar que no vendían confituras.

—¿Usted quiere juzgarnos?

—En absoluto. Solamente quiero saber qué es lo que vendían. Pero si usted no quiere decírmelo está bien. Deberé especular. ¿Usted sospecha de alguien en particular?

—Por supuesto. Sospecho de un hombre en especial. Le dicen el Oreja. Se llama Saturnino Alcorta. Es un paraguayo que vive por acá nomás, que es la competencia más próxima a nosotros. El tiene contactos con la policía para poder liberar a sus chorritos y poder hacer lo que se les canta. Afanan, matan, son unos negritos de mierda. Mi marido empezaba a ganar competencia, clientes que el Oreja tenía y además en la comisaría había viejos amigos de la juventud que le debían favores. No me sorprende que el comisario haya ocultado pruebas o que esconda algunas en estos momentos. Por lo que sabemos, el arma con el que mataron a mi marido la tienen ellos.

—¿Y yo qué debo hacer?

—Seguirlos. Pero más que nadie al Oreja. Ahora no van a ser tan estúpidos de dejarse ver delante de las cámaras y los vecinos. Además hay amigos y contactos de mi marido que están en la esquina y saben de los líos en que se mete el Oreja. Usted debe averiguarme si hay personas que merodean el lugar de forma sospechosa, podemos ahí tener pruebas de que son hombres del Oreja. Nosotros vamos a preparar todo para el velorio.

—¿Tiene alguna foto del Oreja o del comisario?

—Sí. Aquí tiene. Como verá son dos personas bastante particulares en sus rasgos. Los va a reconocer fácilmente.

—Quédese tranquila señora. Le daré noticias en muy pocos días. ¿O las necesita pronto?

—Tómese el tiempo adecuado. Es mejor actuar lentamente.

—¿Usted sabe dónde vive el Oreja?

—Sí. En la esquina donde está el gentío siga por Dorrego tres cuadras a la derecha yendo desde acá. Es una casilla mugrienta blanca que tiene un portón de chapa, y al lado le pintaron con aerosol el número de la casa. Y creo que hay varias cosas escritas.

—Nadie sospecharía que ahí vive un asesino.

—Lo que necesito es que usted lo siga especialmente al Oreja para poder saber que él y el comisario se andan reuniendo.

—¿Necesita la prueba del encuentro para saber si fueron ellos?

—Sí, el arma con el que mataron a mi marido tenía un silenciador y además le borraron el número de serie. Esa arma fue allanada por la policía. Son las que terminan alquilando a los chorritos para que afanen.

—¿Le robaron algo a su marido?

—No, por eso creo que lo mandaron a matar. Además el Oreja se la juró un par de veces a través de contactos.

—¿Cómo es eso?

—Los clientes que eran del Oreja y ahora estaban con mi marido desaparecían de un día para el otro y después lo mataban en un descampado de por acá nomás. Total, nadie iba a reclamar por ellos porque eran pibes de por acá que andaban en la transa y afanaban a lo loco.

Philip Red no entendió una sola palabra de lo que le dijo la mujer. Intuyó como antes que se trataba de aspectos un tanto desagradables. Así como con la viuda del concejal, al principio la charla se hacía amena, pero después aparecían términos que al detective le costaba entender. Pensó en broma que debía ir con un diccionario permanentemente para identificar esas palabras. Habló con la viuda un par de minutos más, le comentó de los adelantos por tomar el caso, se lo pagaron, le dieron un numero de celular para comunicarse con la viuda pocos días después y luego se despidió. Lo acompañó hasta la puerta el joven con el arma en la cintura. Durante todo el momento que estuvo presente la viuda no mostró un poco de emoción por su marido. Parecía sentir bronca pero no por el asesinato sino por la sensación de haber perdido algo importante pero no imprescindible.

«Como cuando matan a alguien de gran rango en una guerra», pensó el detective, «esa desazón sólo puede remediarse con la venganza. No es importante la víctima. En este caso, el asesinado no era lo más importante, la parte más importante era la mujer. Es dable pensar que entre el Oreja y la mujer hubo algo anteriormente».

En la esquina donde mataron a Julio Guerrero había que quedarse pues, a esperar. En algún momento alguien debía aparecer.

Ya se habían ido todos. A las ocho de la noche, frente al pequeño bar en donde antes había algunos parroquianos tomando una cerveza, Philip Red esperaba algo que no iba a ocurrir. Pudo ver en la televisión del lugar cómo la noticia se difundía en distintos medios. Pero ni esos esporádicos móviles ni mirando en frente del bar, donde había ocurrido el asesinato, fueron capaces de mostrarle algo o alguien que pudiera ser sospechoso para poder comenzar la investigación. Y Red sabía que no pasó nadie, por más que a veces se le cruzara en la cabeza el rostro de Margarita, la joven de ojos claros que estaba en sus obsesiones desde casi su primer día. La pudo cruzar el día anterior cuando ella estaba mirando zapatos en una tienda. Era ella, no quedaban dudas, era ella, inconfundible.

Red no tenía un trato muy asiduo con las mujeres salvo cuando le pedían algún caso. Si bien escribía versos ocasionales, no había uno solo de ellos que girase en torno al amor. Aunque incluso un verso sentimental era muy poco habitual en él. Red no dudó en acercarse, en cruzar la calle Del Carril, para poder tener a esa mujer al lado. Carraspeó su garganta antes de hablar y dijo con voz muy baja:

—Buenas tardes.

Margarita giró su cabeza y sonrió delicadamente. Recordaba el rostro de ese hombre que la había mirado días atrás.

—Buenas tardes —contestó ella.

Red, nervioso, con las manos húmedas, dijo:

—Vea señorita… eh… yo no quisiera molestarla con lo que está haciendo, ¿comprende? pero quería acercarme a usted porque... bueno, en fin, verá... yo la semana pasada vine a este lugar, y al día siguiente, a pocos metros, a pocos metros de aquí, quiero decir –carraspeó un poco más-, la encontré. Y la vi. Y, bueno... desde ese momento, no hice otra cosa que... que... bueno, eh... no hice otra cosa que pensar en usted. Jamás sentí esto de manera tan repentina, este sentimiento en mí. Yo desde ese momento... no quiero ofenderla, esperaba encontrarla. Y cuando la vi por aquí crucé la calle, desesperado por confesarle todo esto. No quiero ofenderla señorita, al contrario, me parece la mujer más linda de todas, y quisiera conocer todo de usted: Sus gustos, sus virtudes... todo. Mi nombre es Philip Red —dijo el detective y estiró su mano derecha, casi temblorosa y húmeda de nervios.

—Encantada. De verdad lo digo. Me sorprende esto que me dice. Nunca nadie me dijo algo tan lindo y tan sincero a la vez. Generalmente no se encuentra gente tan respetuosa como usted acá en Paso del Rey. Mi nombre es Margarita —dijo ella y estiró su mano, seca.

Philip y Margarita se quedaron hablando en esa vidriera durante unos pocos minutos más hasta que él no quiso estirar más su petición de ir un día a tomar algo juntos. Ella sonrió y aceptó complacida. El corazón del detective estallaba de éxtasis: Margarita no le era indiferente. Al contrario, se mostraba dispuesta a conocerse y a conocerlo a Red. Antes de irse cada uno a lo suyo, se saludaron con un tímido beso en la mejilla de él hacia ella. En sólo tres días iban a verse en la plaza de Paso del Rey.

Y ahora todos se habían ido. Ni los periodistas, ni los curiosos, ni la ambulancia, ni la policía, ni nadie, ni siquiera el muerto, nadie estaba. Pagó las cervezas que había consumido y se fue caminando a su departamento, pensando en Margarita, pensando en la primera felicidad que tenía, como también en la incertidumbre de este caso que se le presentaba.

Octavo día

A l día siguiente de la llamada de la viuda, Philip Red quiso dedicar parte de esa jornada a querer investigar acerca del asesinato de Julio Guerrero. Volvió a la esquina en donde lo fusilaron y se quedó nuevamente esperando. Los colectivos en esa calle no pasaban, los remises paraban en esos lugares muy pocas veces pero convino tras esperar unos cuantos minutos dirigirse hasta el hogar de Saturnino Alcorta, el Oreja, a ver si podía encontrarlo saliendo o entrando de su casa. Camino tres cuadras por la calle Segundo Sombra hasta llegar a la esquina de Guido cuando encontró la fachada de la que le habló la viuda. Se ubicó en esa esquina simulando esperar algún transporte y mirar de reojo a la casa. Era ese el lugar: La puerta de metal, el aspecto de casilla y el número de la casa escrito con aerosol. Al lado había un grafiti que buscaba mostrar una especie de escudo de algún club y abajo la insignia: "tiene aguante". Un perro dormía una siesta en la puerta del lugar y nadie salía.

«Para ser un lugar en donde comercian droga, parece ser muy tranquilo», pensó Red.

La puerta de repente se abrió: Una mujer y un joven salieron hasta la puerta de calle en donde dormía el perro. Él le dejó un dinero y ella se lo guardó entre el prominente escote y después le dio un beso en la mejilla. Pocos minutos después, cuando la mujer ya había entrado, otro joven llegó hasta la puerta. Golpeó con las palmas y la mujer le dijo un par de cosas. Luego abrió la puerta y lo saludó con un beso en la mejilla. El perro que estaba durmiendo se desperezó y entró a la casa.

«No parece un lugar donde venden droga, esa mujer parece una prostituta», pensó el detective.

Esperó a que llegara alguien parecido a Alcorta a la puerta de esa calle, pero tras varios minutos la misma mujer volvió a salir a la puerta con el joven que había entrado antes, despidiéndolo como al anterior luego de que este le diera dinero. La espera a Red se le hacía eterna, parecía que alguien lo estuviera tendiendo una trampa, pero debía esperar a que algo le confirmara que esa casa era la de Saturnino Alcorta. Varios minutos después, la mujer más arreglada salió de la casa, cerró la puerta, y luego con candado ajustó la entrada de calle. Se acercó hasta el lugar donde estaba Red y este dedujo acertadamente que era la parada de un transporte público. Pensó que no era bueno seguirla, sino acertar sus posibilidades de dirección, adónde se iba a ir. La mujer, cerca de cuarenta años, con una barriga que se notaba bajó la blusa que tenía puesta pero con una belleza indescifrable, a los pocos segundos de estar al lado de Red recibió una llamada en su teléfono celular. Miró quién era el que la llamaba y luego resopló notoriamente. Atendió el aparato con la mano derecha tapándose la boca.

—¿Qué mierda querés…? ¿Me querés dejar de joder…? Estoy trabajando y recibo tus llamadas de mierda ¿Por qué no te vas a joder a tu vieja, pelotudo…? Ya te dije que yo no lo tengo, preguntale a Daniel, él debió haber escondido la guita… ¿Y yo qué sé dónde la pudo haber guardado? ¿Y por qué tengo que explicarte esto a vos? Yo me separé, Agustín, ¿no sabés lo que quiere decir terminar…? No tengo ganas de hablar… No quiero hablar… Andá a sacarle plata a la conchuda de tu hermana que seguro está gustosa de mantenerte… Andá a joder a otro lado, Agustín, ya no te quiero más… Me cansé de ser la segunda… No, Agustín ¿sabés qué…? No… No, ¿sabés qué? Andate a la concha de tu madre, no quiero saber más nada de vos… Andate a la… Andate a la concha de tu madre, Agustín, no jodas más… chau, y devolveme la plata que me debes que yo no vivo del aire, taradito… Dejame de joder… chau… No… chau.

La mujer miró a Red que no la observaba y dijo con timidez luego de cortar:

—Discúlpeme por hablar así, es el inútil de mi ex.

—No hace falta, señorita, está bien —dijo Red complaciente aunque por dentro no entendía nada.

Era un caso que no sabía de donde agarrarse. No solamente no era la mujer de Saturnino Alcorta sino que ni siquiera era la casa de Alcorta. Creyó haber ido a una casa equivocada pero luego observó que las características que la viuda le había dado eran tan específicas que no cabía duda de que esa era la casa. Si efectivamente esa era la casa, ¿por qué lo mandaron a un lugar que no correspondía? ¿Le tendieron una trampa, alguien lo estaba esperando? ¿Alguien le quería hacer daño? ¿Y si no era la casa, por qué le dieron un adelanto por el caso? Algo raro estaba ocurriendo, pero también cierta desazón se dibujaba en Red. Maldijo a esos traficantes y se quedó esperando un colectivo con la mujer al lado que permanecía en silencio. Lentamente, Red empezó a pensar en la soledad y en su utilidad como detective. La soledad de los casos lo estaba haciendo mal. Tanto en el asesinato de Aguirre como en el de Guerrero tenía datos que lo permitían llegar a una conclusión o a un principio de conclusión, pero luego ni uno solo de esos datos era compatible, ya sea porque la concejal no tenía nada que ver con el asesinato como por este caso en donde estaba agarrado de una dirección que no era la que le correspondía.

«Hay algo por el cual permitirse pensar que estos asesinatos debían ser investigados», pensó, «no tengo la culpa; los clientes me dieron datos que no eran los verdaderos».

De a poco, y sin notarlo, el detective empezó a sumirse en una depresión de la que solamente el esperado encuentro con Margarita lo salvaba. Esperó hasta que a los pocos segundos llegó el colectivo que él no iba a tomar. La mujer lo tomó y cuando se iba el transporte levantando una furiosa polvareda, Red cruzó la calle y nuevamente empezó a irse caminando a su departamento. Cruzó la esquina en donde habían asesinado a Guerrero y caminó rápidamente deseando no encontrarse con nadie de la familia.

Red tuvo fuertes necesidades de hablar con David Rojas. Creía que más allá de su constante porfía en creerlo personaje de una novela negra era más importante contarle sobre su situación. Al llegar a su departamento lo llamó a su número de celular y le preguntó si quería charlar con él en algún café.

—Sí, espéreme en Chuchy's —dijo Rojas—. Está en frente de la estación. En un rato nos vemos.

Red se arregló un poco la ropa y cerca de las siete de la tarde ambos se encontraron en ese lugar. Red fue detallista en todo lo que le ocurrió y Rojas espetó en forma irónica que otra paradoja lo estaba aquejando:

—Esas son *"Las Paradojas de Philip Red"* —dijo.

—¿Quiere terminar con ese asunto?

—No la voy a terminar porque es así. Fíjese, primero caí yo diciéndole que usted no es real. Luego ocurren estos casos que tampoco parecen ser reales. O mejor dicho, son reales pero no tienen la resolución que se esperaba. ¿Por qué iban a pagarle la mitad de sus servicios y no le dan la dirección de la casa verdadera del principal sospechoso?

—La verdad no tengo idea, y eso me hace mal, ¿comprende? Me siento inútil.

—No se ponga mal, Red, quizás no sea eso lo que tiene que investigar.

—¿A qué se refiere?

—Me refiero a que quizás no sea tanto averiguar los asesinatos sino todo lo que lo rodea a esos hechos. No importa el muerto sino los contextos que giran alrededor de los muertos. La dirección del asesinato, la hora, cosas así.

—No lo había pensado. La verdad es muy bueno lo que dice. Pero creo que es poco probable que estos asesinatos ocurran para decir algo más. Y si en efecto lo dicen, no se lo están diciendo a los que están investigando. Son traficantes, políticos, ese tipo de personas. Si hay un tercer asesinato, creo que puedo seguir esa pista.

—¿Y usted sabe cuándo va ser el próximo asesinato?

—No, de hecho no sé si va a ver otro. Pues no tengo datos, sino vacías conjeturas. Y esos vacíos me hacen sentir mal—. Luego de una pausa, Red dijo: —A lo mejor, el que escribe la novela sabe quién lo hizo. O tiene algo que ver.

—¿Julián? No, no lo creo. El no mataría ni una mosca pero no porque sea bueno sino porque es un maricón. Imagínese que ni su propia sangre puede ver, suponga la sangre de otro. A la primera víctima ya le hubiera dado un síncope. Es impresionable, medio imbécil diría. Aunque como idea literaria no está mal, la de que un personaje investigue a su propio autor.

—Lo dije irónicamente amigo… No soy ningún personaje ni nada.

—¡Qué porfiado que es, Red!

—Mire, cambiemos de tema. Dentro de todas estas cosas que ocurren, tengo una buena noticia para darle. Pasado mañana me voy a encontrar con Margarita.

—¿Con quién?

—Margarita. Cierto que no sabe nada. Es la joven que vi el otro día y que me cautivó, ¿recuerda? Me la crucé en una tienda de ropa antes de ayer y me animé a decirle lo que sentía por ella. Por suerte, creo yo, parece que le caí simpático o algo parecido. Porque nos quedamos hablando largo rato hasta que me decidí a invitarla a tomar algo. Y ella aceptó.

—¿Y a qué lugar van?

—No sé. Nos vamos a encontrar aquí nomás en la plaza y de ahí iremos juntos a algún lugar. ¿Usted sabe de alguno?

—Sí, acá nomás, sobre la avenida, antes de llegar a 25 de Mayo hay un barcito bastante lindo donde se pueden sentar afuera. Pueden tomarse un vino, o una cervecita que se la va a pasar lindo. ¿Así que el detective va a tener su primera vez, picarón?

—Oiga, no me ofenda. Usted no conoce mi carrera amatoria.

—Pero sé que no es de tratarse mucho con las mujeres por lo que me dijo el otro día. Y además, por la experiencia que tengo de leer novelas policiales, jamás supe de algún detective que se enamorara.

—El mundo es un complejo e inesperado centro de revelaciones.

—¿Está nervioso? Por el encuentro, digo.

—La verdad que sí, pero feliz también. Creo que a Margarita le gusto y quiero aprovechar esta oportunidad para seguir siendo de su gracia y estar juntos.

—Habla de esa chica y se le iluminan los ojos.

—Es que en verdad creo que estoy feliz. No importa cómo me vaya, lo importante es que ahora estoy feliz. El amor, esa personita que siempre rechacé, por fin le llegó a este hombre cansado.

—No parece tan viejo, usted. Y pensar que hace un ratito me decía que estaba mal y se sentía inútil. ¡Lo que hace el amor, che!

—El amor es pródigo en milagros.

Noveno día

*E*l hombre está saliendo de su casa. Cierra la puerta de la casa con llave en la cerradura y en la parte de abajo del umbral. Guarda la llave en el bolsillo derecho de su pantalón de vestir negro y se aproxima a la puerta de calle. Abre con otra llave solitaria que saca del mismo bolsillo y luego la guarda. Mira la hora en su reloj, y luego saca su celular. Empieza a discar un número. Se lleva el aparato a su oreja derecha. Deja su mochila en el piso y luego vuelve a fijarse la hora. Parece apurado. Después de unos segundos, empieza a hablar.*

—¿Hola…? ¿Suárez? ¿Cómo andás hermano…? Y, ¿pudiste convencer a los pibes…? ¿Cómo que no? ¿Quién no quiso…? Pendejo de mierda. ¿Y qué hicieron…? ¿Adónde lo dejaron…? Ajá… Okey. ¿En el descampado…? ¿Y la familia empezó a joder…? Menos mal. Bueno, si llega a venir alguno tomale vos la denuncia, *solamente vos. No sea cosa que se lo dejes al pibe nuevo que a lo mejor se hace el vivo después… A todo esto, ¿quién remató al guachín…? Ah, lo cagaron a piñas. Tené cuidado, Suárez… No, yo estoy saliendo ahora, así que un rato llego… Listo, nos vemos y me contás un poco más… Listo… Chau, hermano, chau.*

Esperás que el hombre cuelgue su celular y se lo guarde en el bolsillo de donde lo sacó. Agarra nuevamente su mochila y la abre verificando si no se olvidó de algunos papeles. Al comprobar que no, comienza a caminar. Dejás que avance algunos metros cuando empezás a seguirlo de atrás cuidando que tus pasos no resuenen en el asfalto. Cinco metros de caminata son suficientes para sujetar desde sus extremos a ese cable grueso y negro que llevas en tu mano derecha. La mirada del hombre es sorprendida por ese lazo que aprieta su cuello. Ahorcás fuertemente. Con todo el esfuerzo posible, el hombre intenta preguntar quién sos. Su mochila cae al suelo y el hombre trata de soltarse de los cables, inútilmente. Sus fuerzas se van acabando a medida que apretás más fuerte. Todo el cuerpo está empezando a desvanecerse. Seguís apretando fuerte el cable. Evitás decir palabras. El hombre ya no está haciendo esfuerzos, se rinde completamente. Lo dejás caer al piso. Está muerto. Al cable lo dejás a su lado. Mirás a todas las direcciones. No hay nadie. Nadie estuvo observando. Dirigís tus pasos a la primera esquina que divisas, y te perdés.

Décimo día

A ntes de salir de su departamento para encontrarse con Margarita, Philip Red miraba la televisión y cambiando de canales se encontró con uno local de noticias que mostraba el lugar donde un policía había sido asfixiado hasta morir con un cable grueso. Las cámaras enfocaban al cuerpo de la víctima tirado y al cable grueso que lo mató, mientras de fondo se oían las declaraciones de la viuda que vociferaba delante de los periodistas:

—Acá tiene que haber justicia, hay que agarrar al que lo hizo y lincharlo. A vos, a vos hijo de puta, te vamos a agarrar y no vas a matar nunca más, ¿oíste, hijo de puta?

Si bien con esas declaraciones la mujer quería infundir cierto temor en el asesino de su marido, Philip

Red intuyó que no era una amenaza perdida o dicha al azar. Luego tomó un papel y anotó el nombre de la víctima y el horario que murió:

"Leonel Cortese. Asesinado 9 A. M.".

Esa amenaza de la mujer le permitió deducir que ella sabía a quién le estaba hablando. Tras esas declaraciones el canal de noticias dio cuenta que este asesinato bien pudo haber sido un ajuste de cuentas, dado que el policía, Leonel Cortese, había sido sobreseído por un caso de gatillo fácil en 2009 por el asesinato de Nicolás Mitre, un adolescente de Merlo que se había negado a robar para la policía, y Cortese era el principal sospechoso.

«¿Gatillo fácil? ¿Qué es eso?», se preguntó el detective.

—Vamos a realizar todas las investigaciones posibles para resolver el caso de este colega tan querido por nosotros —dijo el agente de policía que habló a los medios.

Durante todo el momento en que hablaron del prontuario sospechoso del muerto, Philip Red se preguntaba si ese asesinato no sería el tercero de una serie que había conjeturado con Rojas días atrás. La noche anterior quiso averiguar a través de nuevas conjeturas los asesinatos de Arregui y Guerrero, pero no pudo resolver nada. En la mesa de su escritorio estaban los papeles que había juntado anteriormente, y en el mapa que trajo cuando llegó a Paso del Rey estaban marcadas con puntos negros los lugares donde habían matado a esas personas.

«Todo es infructuoso, todo es inútil», pensó.

Tomó un marcador y anotó en ese mapa la dirección del asesinato de Cortese, el policía: Padre Varvello y Edison. Luego, apagó el televisor.

Ya estaba por levantarse de su escritorio para ir a verse con Margarita cuando miró el mapa que estaba en la mesa. Notó que entre los tres puntos de los asesinatos se formaba una figura triangular. Philip Red trazó con una regla que tenía a mano desde los vértices de esas esquinas, y comprobó que las líneas trazadas eran exactamente rectas, iguales en tamaño y distancia formando un triángulo perfecto. Philip Red recordó las palabras de Rojas cuando le dijo que probablemente había que buscar la verdad en torno a los muertos y no en los muertos.

«Seguro», pensó Red, «que Rojas dijo eso con la mayor inocencia posible, pero él estaba viendo algo que yo no».

Se maldijo a sí mismo y creyó posible pensar en una triada entre esos asesinatos. O mejor dicho, *que era la única conjetura posible*. Había que ir por partes: Aguirre era un político que estaba ganando poder, Guerrero un narcotraficante y Cortese un policía corrupto. ¿Quién podría estar detrás de estas tres personas, y detrás de esas tres particulares formas de asesinato? Recordó la charla del día anterior con Rojas cuando hablaban sobre a quién iban dirigidos los asesinatos.

"No eran dirigidos ni a los narcotraficantes, ni a los políticos, ni a los policías. Sino a otro tipo de ocupaciones peligrosas. Si sólo hubiese sido un policía y un político los asesinados bien podría pensarse en un militante anarquista el culpable, pero había un narcotraficante involucrado. Y militantes anarquistas no hay. En todo caso, sí eran dirigidos a esas tres ocupaciones, pero actuado por un cuarto. O alguien que estuviera relacionado con esos tres asuntos. O a lo mejor no estaban dirigidos a nadie. O era de esos típicos 'justicieros' de los que la prensa se ufana en denominar cuando matan a un ladrón. Todo es confuso, pero se puede deducir".

La mente del detective divagó algunos minutos más frente a ese mapa con un triángulo perfecto trazado con marcador cuando vio en su reloj que se le estaba haciendo tarde para ir a encontrarse con Margarita. Terminó de arreglarse la ropa y a paso apresurado fue al encuentro con la mujer que le gustaba. Caminó rápidamente y en pocos minutos llegó a la plaza de Paso del Rey. Ella no había llegado aún, por lo que Philip aprovechó para secarse el sudor de su frente y en sus manos con un pañuelo que sacó de su pantalón.

Sentando en un banco, ubicado frente a los juegos en donde se divierten los niños vigilados por sus madres, el detective miraba a sus costados de manera impaciente. Parecía que estuviese esperando a un cliente, a una persona poco agraciada o quizás aguardaba a que el peligro se hiciera presente. Pero no. Era la mujer que le gustaba la que tenía que estar viniendo la joven que cautivó sus días desde el primer momento que la vio. Suspiró y dejó que pasen los minutos. Al fin y al cabo, era la ocasión para estar tranquilo y no pensar en ninguno de los dos asesinatos que debía resolver, en ninguno de los delirios de personajes de novela que inventó Rojas. En nada.

«Esperar es una forma de cierta felicidad», pensó Red.

No le pareció mala esa frase. Quiso escribirla en un papel pero se acordó que no llevo ninguno, salvo uno, muy importante, que había ensayado la noche anterior y que era para Margarita.

Sus ojos iban y venían hasta que se detuvo en las flores que empezaban a surgir en esa plaza. Se concentró en una flor roja, brillante entre todas, pero también movediza entre todas. Había algo más ahí adentro. Aguzó su mirada y una abeja estaba moviéndose, inyectando su aguijón en la carne de esa flor. Como si quisiera dejar algo, y no solamente alimentarse. Una abeja como la del primer día, como la del día del primer cliente, abejas que zumbaban curiosas en las mesas de piedra, en las flores o en los árboles. Se quedaron solos, abeja y Philip Red, cada uno en su espectáculo particular, en el choque de sus destinos. Philip Red sintió que lo estaban observando, que alguien más estaba entre ellos dos. Se dio vuelta pero nadie más había, a diferencia de las personas que ya estaban de antes: niños, madres, ancianos, parejas. Al dirigir de nuevo su mirada al insecto, ya había volado de su flor.

—Hola —dijo una voz femenina.

Philip Red levantó la vista y ahí estaba Margarita, convertida en la mujer más hermosa de todas, disimuladamente. Llevaba puesta una camisa blanca ceñida al cuerpo y con una pollera azul que le llegaba hasta las rodillas. Tenía los cabellos sueltos. Lacios y sueltos. Margarita brillaba. Philip Red se levantó de su asiento para saludarla con un suave beso en la mejilla.

—Está muy bonita —dijo tímido el detective.

—Gracias Red. Usted también está muy bonito.

—Le agradezco. De verdad.

—Bien. ¿Dónde quisiera que vayamos? ¿Aquí en la plaza o prefiere que vayamos a tomar un café?

—Prefiero ir a tomar un café. Me recomendaron un lugar a pocos metros.

—¿Por dónde, recuerda?

—Creo que es en la Avenida… la que está aquí cerca… no recuerdo el nombre.

—¿La Mitre?

—Sí, esa. Disculpe, no recuerdo todavía las calles del lugar.

Comenzaron a tomar por Del Carril en dirección a Mitre.

—¿Hace poco que llegó?

—Bastante poco. Exactamente hace diez días que llegué.

—Ah, casi nada. ¿Y por qué vino? ¿Trabajo? ¿Conocía a alguna persona?

La confianza con la que Margarita preguntaba lo tranquilizaba a Philip Red.

—Más que nada a trabajar. A probar algo de suerte en algún lugar que no conozco.

—¿Puedo saber a qué se dedica?

—Sí, cómo no. Soy detective privado.

—Guau, qué interesante. Bah, eso creo, ¿no?

—Y… es apasionante hasta cierto punto. Cuando lo único que llega son simples asuntos de infidelidad uno se harta fácilmente.

—¿Y por eso se fue de donde venía?

—Sí —mintió Red—. ¿Y usted de qué trabaja? Si quiere decirme, desde ya.

—Trabajo cerca de aquí. En un lugar donde venden útiles para los alumnos y todas esas cosas.

—Un trabajo muy simple, afortunadamente.

—¿Afortunadamente?

—Sí, usted no tiene que investigar, armando hipótesis y esas conjeturas. Es ir y vender, nomás.

—A mi me interesa más su trabajo, sinceramente.

—¿Sí? Yo sigo con todo esto porque es lo único que sé hacer bien.

—¿Y en Paso del Rey ya consiguió algunos clientes?

—Sí, afortunadamente.

—¿Parejas infieles?

—Sí —mintió Red.

Doblaron por Mitre en dirección a Merlo. Los autos pasaban y se hacía complicado poder hablar. Los nervios lo iban tomando a Philip Red, progresivamente. Para sus adentros intentó apaciguarse pensando que Margarita también podría estar nerviosa, aunque pensar eso no era suficiente. Solamente quería llegar al bar para poder distenderse un poco y además sentir algo de aire fresco. Estando a pocos metros retiró su pañuelo para secarse el sudor de la frente y cuando entraron, en un gesto de cortesía, le abrió la puerta a su acompañante. Margarita lo miró a los ojos y le dijo "Gracias". Era una palabra, pero al detective lo cautivó. Entraron en el bar y afortunadamente para el detective, el aire era menos sofocante que el de afuera. Eran los únicos que estaban en el lugar. Se sentaron en una mesa ubicada al lado de un ventanal que daba a la avenida, lo que les permitía contemplar el tránsito como un espectáculo barato. A veces se miraban a los ojos, tímidos y sonrientes. Philip Red sentía como si tuviese nuevamente dieciocho años y no como el cuarentón solitario que iba y venía de las ciudades. Durante horas abrieron cada uno su corazón: Ella, una reciente abandonada por su anterior pareja; él, un terco empedernido en ser un detective exitoso; ella, agredida por sus parejas y golpeada por su último novio, y evidentemente con una desconfianza enorme a todos los hombres ("salvo por usted, y eso me gusta", dijo); él, melancólico y miedoso al rechazo ("Estar hablando con usted, debo reconocerlo, me genera cierto nerviosismo, pero no por usted sino por mi torpe timidez con la mujer". "Sí, lo noté cuando me estuvo hablando el otro día") y también desconfiado de la humanidad en general ("Salvo en usted, porque creo que siempre hay maravillosas excepciones"). El fluir de la conversación iba y venía sin interrupciones durante varios minutos y Philip Red intuyó que había puntos en común con ella, y que hacía falta ser detective para darse cuenta que se gustaban. Nuevamente se miraron a los ojos de manera casi definitiva en el hambre del beso cuando ella volvió a bajar la cabeza, tímidamente, y después sonrió: El mismo gesto que hizo cuando se conocieron. El detective lo observó y con la seriedad del amor habló sinceramente:

—Usted es la mujer más linda de todas.

—No exagere, por favor.

—No lo hago, créame —dijo y puso una mano sobre la de ella. Margarita aceptó ese gesto sin resistencia.

—Usted también es muy lindo, Philip. Muy lindo e interesante.

La sonrisa del detective era inédita. Solamente Margarita había logrado eso.

—La verdad, no puedo creer estar viviendo este momento. Todo me parece irreal, como si viviese un sueño.

—Probablemente todo sea un sueño.

—Sí, quizás —dijo Red, y sacó de su bolsillo un papel que se lo entregó a Margarita—... Lo escribí pensando en usted.

—¿En serio? Gracias, de verdad.

Ella desdobló el papel y adentro había un poema de apenas diez versos:

> *Yo que he entregado sin ver, mi alma*
> *a los pordioseros del último mundo;*
> *y que he sido abandonado por las leyes,*
> *las ciudades y los empresarios de la muerte,*
> *vi mis segundos y mis minutos cruzar*
> *cuando tus ojos chocaron con los míos.*
> *Y ese hombre, que dio lo peor de sí,*
> *comprobó que todos los desgarros de la vida*
> *bien vale sufrirlos por tu sonrisa,*
> *porque la felicidad es efímera pero eterna.*

Margarita lo miró a Philip Red y con la sonrisa dibujada en sus labios dijo:

—Es lo más hermoso que hicieron por mí.

Sin pedirse permiso ninguno de los dos, se besaron apasionadamente. Red sentía que con ese beso alcanzaba la Gloria, la Dicha, el Amor, esas palabras que antes le daba cierto escozor pronunciar. Después, se tomaron de la mano y se miraron profundamente, hasta querer encontrar sus almas. Philip Red volvió a decir:

—En verdad, todo esto parece tan irreal.

—Ojalá nunca lo sea.

—Que sea todo irreal entonces, menos usted y yo.

—Esperemos entonces que cuando la novela termine, usted siga aquí, conmigo.

Red soltó lentamente la mano de Margarita.

—¿De qué novela me está hablando?

—De la novela en la que estamos... *"Las paradojas de Philip Red"*.

Red sintió realmente que estaba en un sueño. Se quedó sin habla mientras Margarita seguía hablando.

—No quisiera enterarme que cuando esta novela termine, que no sé cuándo será, usted desaparezca. Yo lo quiero conmigo, Philip, lo quiero aquí tan presente como ahora, aunque sepa que usted no es real.

Red pensó en voz alta:

—Es increíble, no lo puedo creer. Primero Rojas, con su insistencia, y ahora usted. Esto no puede ser cierto.

—Pero lamentablemente lo es, mi amor. ¿Quién es Rojas?

El detective no le contestó, se sumió en una profunda tristeza que debía arreglar de algún modo. Su llegada a Paso del Rey estuvo plagada de hechos que lo quebraban en su personalidad. Primero, por no poder resolver los asesinatos de Arregui y Guerrero. Y ahora, nuevamente, esta insistencia por hacerle saber a él que no es real. Y que sea justamente ella, Margarita, su amor, la que le diga eso, le dolía profundamente.

—¿Entonces su amor por mí no es real?

—No, yo lo quiero, Red, mi amor, yo lo quiero a usted. Mi amor es real, el lugar donde está usted es real, todo es real, hasta su amor sé que es real, pero usted no lo es.

Red quedó devastado, y se quedó meditabundo en su angustia.

—¿Qué está pensando?

—En que tengo que hablar con alguien, urgentemente.

Y en la mente de Philip Red, sólo aparecía el autor de la obra: Ese tal Julián Marcel.

Décimo primer día

Philip Red llamó al celular de David Rojas desde su departamento porque necesitaba consultarle algo. Su voz parecía la de alguien desesperado por encontrar un tesoro.

—¿Qué pasa? —preguntó Rojas.

—Necesito saber urgentemente la dirección de la casa de Julián Marcel.

—¿Para qué?

Philip Red iba a decir que ese asunto no era de su incumbencia pero prefirió ser más cauto con su respuesta.

—Necesito hablar sobre… sobre la novela.

—¡Ah, te convenciste entonces! —dijo Rojas.

—Sí, me convenció —mintió Red y luego suspiró.

Rojas le dio la dirección.

—Yo te recomendaría que vayas después de las siete de la tarde porque como Julián trabaja a la noche, a la tardecita va a estar durmiendo —le recomendó Rojas.

—Está bien, gracias por la aclaración —dijo Red.

La impaciencia del detective por querer hablar con Marcel y hacerle preguntas era cada vez más grande. Prendía el televisor y a los pocos minutos lo apagaba, leía algunas hojas de algún libro al que no podía prestar atención. Garabateaba palabras en alguna libreta cercana y luego tachaba lo hecho furiosamente. Cualquier acto hasta esperar la hora del encuentro era bueno, salvo recordar la decepcionante noche que tuvo con Margarita, pues todo hacía renacer la tristeza. Para todos, él era el personaje de una novela escrita por un tal Julián Marcel a quien no conocía ni oyó jamás acerca de su existencia. Tenía que encontrarlo entonces para saber de qué trataba todo este asunto de la novela y si él era capaz de resolver los asesinatos.

Siendo las siete de la tarde, Philip Red salió de su departamento para tomar el bus que lo dejara a escasos metros de la casa de Julián. Tomó el colectivo 34 y en menos de quince minutos, entre divagaciones, pensamientos y angustias llegó a la esquina. Caminó unos pocos metros cuando divisó una casa al lado de un terreno baldío. Había un auto estacionado y una señora estaba regando unas plantas.

—Buenas tardes, señora —saludó el detective—. ¿Se encuentra Julián Marcel?

—Sí, pero ahora está dormido. Lo voy a despertar. ¿De parte de quién lo llamo?

—Dígale que lo busca —vaciló en dar su nombre, pero luego lo reveló —Philip…

—¿De parte de quién, perdón?

—De Philip.

La señora entró (dedujo que podía ser la madre) y esperó a que Marcel venga. El calor era inquietante. Sin embargo, una brisa estaba acompañando el lugar. Mientras esperaba, observó la fachada de la casa. Era amplia y prolija, con un breve patio para dejar algunas plantas y diversas flores. En una de ellas, Red vio nuevamente a una abeja zumbando dentro de ella. Era como si quisiera esconderse, como si quisiera ser parte de la flor.

«A veces, las ideas son abejas que persisten en meterse dentro nuestro», pensó Red. Sintió que alguien lo estaba observando. Miró a ambos costados pero no había nadie.

Por entre la puerta entreabierta de la casa, escuchó unos pasos que raspaban el suelo con ciertos calzados de goma y a los pocos segundos apareció Marcel. Era de aspecto robusto aunque entrado en kilos. Tenía un carácter aniñado en su rostro que buscaba disimular con una barba prolijamente cortada y tenía los cabellos algo revoltosos.

«De seguro que está soltero este imbécil», pensó Red.

El rostro de Marcel estaba cargado de sorpresa, como si no esperase esa visita.

—Buenas tardes, señor Marcel.

—Red, ¿qué hacés acá?

—Quiero hablar con usted.

—¿Acerca de qué?

Marcel abrió la puerta de la calle y en la vereda cargada de pasto apenas húmedo habló con el detective. Una brisa suave empezaba a aparecer, dando aire fresco al escenario.

—Acerca de mí y de los asesinatos. Pero sobre todo de la novela.

—¿Qué quiere saber acerca de la novela?

—Qué busca lograr, eso quiero.

—Contar algunas cosas que ocurrieron acá en Paso del Rey. Nada más.

—¿Nada más? Hace dos días que solamente pienso en esta novela que supuestamente yo estoy protagonizando.

—Es que está protagonizando una novela. Si usted está hablando conmigo, la novela está sucediendo.

—Y si está sucediendo, ¿entonces quién demonios la escribe?

—Imagino que yo.

—No lo veo con papel y lápiz en la mano. Usted no está escribiendo nada. Usted está hablando conmigo.

—Quizás la novela se está escribiendo sin que usted y yo la leamos.

—Entonces usted no es el autor.

—Sí, yo soy el autor de "*Las paradojas de Philip Red*". El tema es que la realidad de una novela difiere de la realidad real, valga la redundancia.

—¿Y por qué me dicen que la ciudad en la que estoy y todos sus habitantes son reales, salvo yo?

—Porque esas realidades ficticias son reales en la vida cotidiana. Yo existo, David Rojas existe…

—¿Margarita también?

—Todo el mundo es real acá en Paso del Rey. Todos existimos y vivimos. Lamentablemente, usted no existe.

—Pero vea, yo lo puedo tocar. Estoy hablando con usted. No soy un fantasma.

—Nadie dijo que lo fuera, Philip. Usted no es un fantasma. Es un personaje de novela, que tiene las mismas inquietudes, los mismos deseos y las mismas imaginaciones que una persona existente.

—Entonces soy una persona normal, en algún lado debe haber un Philip Red.

—Probablemente, pero no está en Paso del Rey. Y ese Philip Red no es usted.

—¿Usted esperaba que yo viniera?

—Sinceramente no. Tampoco imaginé que usted no quisiera reconocerse como personaje.

—Es que no siento que sea la creación de otro.

—Es lo mismo que ocurre con los ateos. No creen ser la creación de Dios, sino de sus propias acciones. Justifican su ateísmo dándole existencia a aquello que no creen. Lo mismo le pasa a usted en este momento.

—Usted no es Dios.

—Sí, lo sé. Pero así como los ateos le discuten a su creador con el pretexto de que no existe, usted dice que existe por su propia cuenta cuando en realidad es creación mía.

—Eso quiere decir que si yo soy una creación suya, la novela también debería serlo.

—Digamos que sí.

—O sea, que la trama también lo es.

—Digamos que sí.

—Entonces usted es el asesino de Aguirre, Guerrero y Cortese.

—¡No!, ¿de qué está hablando? Yo no podría matar a nadie. No puedo ver ni mi sangre que voy a andar matando a otro.

—Sí, eso me dijo Rojas el otro día.

—No puedo matar a nadie. Es como si quisieran condenar a Dostoievsky por haber escrito "*Crimen y Castigo*" y haber matado a una vieja. El que hayan ocurrido esas muertes no quiere decir que yo las haya matado deliberadamente.

—¿Y por qué murieron entonces?

—No tengo idea, Red. Pero yo no fui.

—Maldita sea, usted es el autor de la novela: ¿Cómo es que no sabe nada? ¿Qué tienen en común esas muertes? ¿Y qué tengo que ver yo? ¿Por qué insisten en decirme que soy un personaje?

—Usted es una creación mía, que se despegó de mí para poder armar su vida, pero usted es un personaje.

—Si nadie, ni usted, ni yo, ni Rojas cometió estos asesinatos, entonces ¿quién fue?

—La verdad que tengo menos idea que usted.

—¿Y cómo resuelvo los asesinatos? Se supone que siendo un personaje, sobre mí recae solucionar los asesinatos de esta supuesta y maldita novela. Al menos espero que en esto tenga una buena respuesta.

—Usted está empecinado en creer que es una persona, parece.

—Siga insistiendo con eso…

—No se enoje Red. Pero creo que lo único que mi cabeza y mi conciencia pueden decirle es que, si usted cree ser una persona de carne y hueso como nosotros, está bien, créalo. Nadie se lo impedirá, y mucho menos yo. Pero llegado el caso de resolver estos asesinatos, piense que usted es el personaje de una novela. No le digo que asuma el rol de un personaje, sino que usted crea que es un personaje que está dentro de una novela. Si usted asume ese rol por un tiempo pequeño, creo que ahí encontrará la respuesta. Resuelva los casos como lo haría un personaje que está dentro de una novela, y que es consciente de que está dentro de una ficción, no como alguien en la vida real. Es decir, no busque más pruebas, además de las que acumuló. Deduzca, como los grandes detectives de la ficción. Más no puedo decirle porque la verdad no sé.

—No sé qué estoy haciendo aquí.

—Está hablando conmigo, Red.

—Me refiero a este lugar, que casi no conozco, ni sé qué hago vivo en general.

—¿Por qué semejante dramatismo?

—Pasé una noche horrible con Margarita. Debería saberlo. No tengo fuerzas para nada. Lo único que quiero es arreglar estos asesinatos e irme.

—¿Y usted tiene herramientas para resolverlos, más allá de lo que le dije?

—Sí.

—¿Y necesita que lo ayude en algo?

—Usted no me está ayudando en nada.

—Yo trato de hacer lo posible.

—Lo dicho: Nada.

—Le pido disculpas por todo lo que está pasándole.

—Ya que usted es el supuesto autor de la novela, ¿sabe qué va a ocurrir ahora?

—No, la verdad que no. No olvide lo que le dije sobre las realidades reales y ficticias.

—Entonces, si no sabe nada, no queda más que retirarme.

—Fue un gusto haberlo visto, Red, aunque no parezca.

Marcel estiró la mano para que el detective lo saludara. Este la extendió y sintió una humedad en su palma, como la de alguien que estaba nervioso. Sin decir palabra, volvió por donde había llegado mientras el autor lo observaba, yéndose lentamente, lejos de su vista.

Décimo segundo día

P hilip Red tardó en levantarse de su cama. Había dormido pocas horas y las veces que logró dormir despertaba de forma repentina, como si hubiese estado en una pesadilla. Se fijó en el reloj despertador de su pieza y vio que eran las diez y media de la mañana. Instintivamente se levantó, se vistió, se peinó y se lavó los dientes. No quería estar en su departamento esa mañana. Necesitaba caminar varios metros, respirar un poco de aire, ver algunas personas. Se llevó una carpeta con sus investigaciones junto con el mapa de Paso del Rey y el triángulo trazado con marcador. Caminó durante algunas cuadras hasta toparse con la vista de la plaza de Paso del Rey, el primer lugar en donde paró, hacía apenas doce días. A pesar de necesitar aire no quiso quedarse sentado en el medio de la plaza con todos los papeles y se fue para un barcito ubicado entre el andén de la estación y la calle Del Carril.

«Del Carril», pensó Red, «como el apellido de la concejal».

El detective entró y apenas se acercó la moza, él le pidió un café con algunas medialunas (cuando Rojas le había llevado en ocasión de ese primer asesinato, a Red le gustaron esos aperitivos). Sacó sus carpetas con las investigaciones y se puso a ver sin ver. Pensó que todo lo que estaba haciendo era un fracaso, que probablemente todos esos muertos a los que buscaba hacer justicia les estaba diciendo cosas que él no podía entender y que seguía sus propias y pobres conclusiones. Esos papeles estaban ahí, como el triángulo trazado con marcador. Los observaba con impaciencia porque ahí había cosas para resolver. El triángulo indicaba algo, pero Red no sabía deducir bien qué. Ese enigma eran las voces de los muertos que Red no podía deducir.

«Los asesinatos se han realizado, debo solucionarlos inmediatamente», se imponía el detective.

Solamente por curiosidad, el detective miró en el mapa el lugar en donde estaba y lo marcó con un punto, y notó que las calles que conformaban esa manzana en donde se encontraba eran Varvello, Del Carril, Mitre y Alcorta.

Red pensó: «Carril, como el apellido del marido de la concejal».

Miró de nuevo las calles.

«Mitre y Alcorta, esas calles me suenan».

Abrió las carpetas que tenía con sus mamotretos cargados de hipótesis, especulaciones y datos varios buscando algo parecido o relacionado con esas palabras. Luego de algunos segundos, esa búsqueda dio resultado: Mitre era el apellido del joven que Cortese, la tercera víctima, había matado siendo policía. Y Alcorta era el apellido de Saturnino, el principal responsable por lo menos para la familia, del asesinato de Guerrero. Esa esquina, esa manzana, indicaba una ligazón particular. Había un mensaje destinado a alguien, y ese alguien era Philip Red. Esos nombres no eran una simple casualidad. Miró de reojo a la jovencita que lo atendió pensando que ella tendría alguna responsabilidad, pero luego conjeturó, con razón, que esa sospecha debía trasladarse a todos los vecinos de esa manzana. Marcó Red con esa misma lapicera el punto en donde se encontraba y luego se echó hacia atrás en su silla del café pensando para sí que a pesar de que haga todos los esfuerzos posibles para resolver el caso, iba a fracasar dando vueltas sobre asuntos innecesarios.

En la misma posición, el detective volvió a mirar el mapa y notó que había algo que estaba incompleto. Y que ese triángulo no era en verdad un triángulo. De entre las carpetas quiso encontrar el marcador con que antes había marcado esa figura equilátera, pero al no encontrarlo recurrió a la lapicera que estaba usando. Al no tener una regla encima para marcar, uso la cucharita del café que estaba usando luego de chuparla profundamente. El punto en donde había marcado el barcito en donde estaba, pensó Red, parecía estar ubicado a la misma distancia que los correspondientes vértices en que ocurrieron los anteriores tres homicidios. Grande fue su sorpresa cuando comprobó que esos puntos se unían formando un cuadrado perfecto.

Nadie le había dicho que iban a ser tres los asesinatos, sin embargo había tomado esa hipótesis como certera. Los asesinatos iban a ser cuatro, y el último de todos iba a ocurrir en el bar en donde Philip Red estaba.

«Al menos tengo esto», pensó, «sé donde va a matar la próxima vez».

Miró la hora en la televisión porque se había olvidado su propio reloj pulsera en el departamento. Faltaban unos pocos minutos para llegar al mediodía. Iba a quedarse en ese bar todo el tiempo que fuera necesario para resolver sus asuntos.

«Van a ser las doce del día doce», se dijo Red.

Por la ventana del bar pasaban las amas de casa con sus bolsas de plástico comprando verduras, carnes, otras preferían el paseo en bicicleta en vez de caminar por la vereda. Los chicos y las chicas salían de las escuelas correspondientes, en pequeños grupos, riéndose de cualquier cosa, a los gritos, mandando mensajes en sus aparatos celulares.

«Nadie se mira de frente», pensó Red.

Parecía que los habitantes de Paso del Rey fuesen actores de una trama incógnita. Era el silencio, la lenta caminata, la secuencia pasiva de personas que iban y venían.

«Todo tan rutinario, todo monótono», pensó Red.

Concentró su mirada en el café y en la medialuna mordida que estaba desayunando, tan solo para evitar pensar en Margarita y en esa maldita confabulación de la novela.

«Van a ser las doce del día doce», pensó.

Philip Red no quiso seguir compartiendo mucho más tiempo con ella. Quizás por cortesía, quizás por querer saber si no era una broma de mal gusto, o por lo que fuera, se quedó durante varios minutos en ese bar junto con ella, aunque su deseo, el amor y hasta la pureza de ese primer beso, se habían apartado por completo. Quería huir de ese barrio de trastornados que creen ficciones. Probablemente ella también era parte de ese grupo de trastornados.

«Ser habitante de Paso del Rey es ser parte de una trama», pensó.

Decidió que apenas termine de resolver sus casos pendientes, interrelacionados, huiría hacia otra parte. No le importaba perder el dinero de los dos meses restantes de alquiler. No le importaba nada. Sólo quería huir.

"Van a ser las doce del día doce", dijo Red en voz baja.

Apenas dijo esto sus ojos se iluminaron como en una revelación. Fijó sus ojos sobre el mapa de Paso del Rey y rápidamente (como si pudiera olvidarse de ese gesto) buceó en su carpeta en donde acumulaba sus investigaciones. Buscó los recortes de los diarios que hablaban de los asesinatos de esos tres infelices y pocos segundos demoró en encontrar uno:

"...seis de la mañana fue asesinado Julio Guerrero, comerciante local en la esquina...".

Lo separó del resto de los papeles y siguió buscando. Breves segundos después apareció el segundo y último recorte:

"...Aguirre, concejal del partido de Moreno por el radicalismo, fue asesinado en su casa de Paso del Rey a las tres de la mañana mientras dormía plácidamente...".

Volvió a hacer el mismo acto que antes separando ese recorte de los demás. Separando con cuidado cada página, Philip Red buscaba el pequeño papel que había anotado cuando se enteró del asesinato de Cortese. Oculto entre los costados de su carpeta, estaba ese papelito que solamente decía:

"Leonel Cortese. Asesinado 9 A. M.".

Esos tres papeluchos encontrados entre los mamotretos indicaban no solamente que iba a haber un cuarto asesinato sino que habían sido cometidos por la misma persona. Solamente había que ordenar. Aguirre murió el día 3 a las 3 de la madrugada en la calle Intendente Corvalán al 2200. Julio Guerrero el día 6 a las 6 de la mañana en la esquina de Dorrego y Segundo Sombra, y Cortese el día 9 a las 9 de la mañana en Edison y Padre Varvello. Por lo tanto, y dadas las condiciones, el cuarto y último asesinato debía ocurrir el día 12 a las 12 del mediodía en la esquina de Del Carril y Alcorta, es decir, en el bar donde estaba desayunando Philip Red.

—La cuarta víctima voy a ser yo —dijo en voz baja.

Al detective un estremecimiento le cubrió el cuerpo. Creyó que era miedo, pero no pudo identificarlo.

«Esto es la verdad», pensó, «es la cruel verdad. Es saber que después de haberme acercado tanto, algo iba a tener que afectarme. No es miedo. Sólo me resta saber quién es el asesino de una maldita vez».

Tomó un sorbo largo del café hasta terminarlo. Y mientras devoraba su medialuna, nuevamente volvió a retomar sus pensamientos:

«Aunque nadie me dice que el asesino no está acá, merodeando entre este espacio. ¿No será este café o esta medialuna que desayuno algo que esté envenenado? No, no lo es. ¿Quién podrá ser? Si es en esta esquina el lugar donde moriré entonces el asesino va a presentarse. Además, ¿cómo iba a saber que iba a presentarme en este café? Debería extender mi sospecha a todos los habitantes de esta cuadra si es posible esa idea. ¿Y por qué querrían matarme, maldita sea? Si muero entonces tengo que hacer responsable a todo este endemoniado barrio de mi muerte. El asesino actúa de manera solitaria. Siempre lo hizo y así lo va a hacer».

Philip Red miró a su izquierda en dirección a la calle, observando nuevamente la trama incógnita de la población de Paso del Rey. Todos seguían con su rutina vacía y era cada vez más repetida la cantidad de cabezas gachas que caminaban. Una repentina congoja abatió al detective como resignado ante su final. Era como si esperase a la muerte del mismo modo en que había esperado el amor de Margarita, hacía apenas dos días atrás. Suspiró nuevamente y dijo en voz baja, como queriendo confirmar su duda:

—Me van a matar. Hay que enfrentar a la muerte con los ojos abiertos.

Creyó que esa frase que leyó en algún libro podría servir de epitafio.

Nuevamente Red desvió su mirada a la izquierda: Todo el mundo seguía en sus habituales rutinas e ignoraban que en pocos minutos un hombre a su lado iba a morir. Nadie sabía que mientras se tomaba el colectivo yendo a Moreno, o mientras pagaba ese kilo de salchichas un hombre iba a ser asesinado.

«Un hombre de carne y hueso, como ellos», pensó, «aunque los demás insistan en lo contrario».

Recordó en fragmentos algunas secuencias de la charla que había tenido con Julián Marcel: Las discusiones, la cara de asombro de ese joven, pero por sobretodo recordó lo último que charlaron respecto a resolver los asesinatos: Que solamente empezando a creerse personaje de novela iba a poder solucionar estos asuntos, aunque esos momentos de credibilidad sean breves.

«¡De qué sirve todo eso!», pensó, «¿Para qué? Si mi muerte va a llegar, ¿para qué todo eso?»

En la ventana del bar, una abeja pujaba por entrar, golpeándose inútilmente contra el vidrio, como queriendo atravesarlo.

«No es una flor», pensó Red.

Sintió que lo estaban observando, pero seguía estando solo en el café. Philip Red suspiró y por primera vez empezó a pensarse como personaje de novela.

«Veamos, las cuestiones de la vida y de la muerte en una obra ficticia corresponde siempre a las decisiones que sobre ellos plantee el autor de la obra. Sin embargo, yo soy un personaje en un mundo real. Tengo conciencia que este mundo real no terminará cuando muera pero yo sí. Por lo tanto si debo saber quién me va a matar debo pensar al asesino como aquello que pertenezca a ese punto intermedio entre lo ficticio y lo real, porque si el asesino fuese real entonces yo sería real, en cambio si el asesino es ficticio, este mundo y yo seríamos ficticios. Ese punto intermedio está protagonizado ineludiblemente por el autor, Julián Marcel, sin embargo, él, al representarse personaje en esta obra junto con David y Margarita, se ubica desde lo ficticio. Por lo tanto, el autor no es el asesino porque él interviene en la misma obra, y al intervenir ignora lo que ocurre aquí adentro. Si el autor real, el personaje que aquí apareció no es el asesino, ¿entonces quién es?»

Red volvió a mirar a la población que pasaba por su ventana, mirando hacia abajo, sin mirarse a los ojos.

«Entonces si no es Marcel, debe ser alguien más, alguien que estuvo presente en todos los acontecimientos que aquí se realizaron y que esa presencia fue vital para la concreción de los asesinatos».

Los habitantes de Paso del Rey seguían caminando cabeza gacha.

Philip Red pensó que todo era una trama.

Philip Red observó que la abeja estaba mansa en el vidrio del bar.

Philip Red confirmó que lo estaban observando.

Philip Red suspiró.

Philip Red pensó:

«Siendo personaje en esta maldita novela, solamente tengo vida cuando la novela ocurre, es decir, cuando las hojas son fijadas por la atención de unos ojos que las observan. Si se ha llegado hasta aquí en este libro es porque se permitió que ocurran otros hechos, como una cadena sucesiva. Todos los habitantes de este barrio saben que son habitantes de una trama, pero también saben que soy parte de esta trama. Tenía razón Margarita: Todos son reales, menos yo. Lo que no me dijo es que ellos saben que voy a morir, pero ellos, es decir todos, no son el asesino sino otra parte ajena y perteneciente a este lugar. Todos los habitantes son los cómplices de esta muerte que me llega, pero no son los asesinos. Todos cómplices. Incluso los muertos. Es como si esa cadena sucesiva de asesinatos se realizó solamente con el único objetivo de matarme a mí. Todos sabían, desde el momento que llegué, que este va a ser el fin. Es el fin, sí, pero sólo voy a llegar a él si esa cadena no es representada de manera estricta por esa parte ajena y perteneciente. Esa parte decidirá mi muerte. Una parte que estuvo presente en todo momento y que dejó que estos hechos ocurran a su voluntad. Y la voluntad de ellos, es decir, los lectores, detendrán mi existencia cuando cierren el libro. El lector, entonces, ese ser que recorrió este libro de principio hasta su próximo fin, y que estuvo presente siempre desde que llegué a Paso del Rey, mató a esas personas, pero ciego de mi inexistencia creí que en este mundo real estaba el verdadero asesino y no en los umbrales entre lo real y lo ficticio. El lector es el asesino. Es decir, usted que está leyendo lo que pienso, usted que cuando termine de pensar me matará cerrando el libro, usted es el inevitable vencedor porque no podré señalarlo. Usted me matará y ganará involuntariamente esta batalla. Pero quiero que sepa algo. Seré yo quien le ordene a usted cuándo hacerlo. Y usted tendrá que obedecer. Al menos tengo ese pequeño triunfo, el único que puedo tener. Máteme, míreme a los ojos y máteme al final de la última palabra. Máteme cuando se lo diga, pero hágalo. Máteme. Ahora».

Glosario

*C*omo habrán notado, este libro tiene algunos regionalismos argentinos que son necesarios para su realización, pero para que su lectura sea amena para los lectores hispanoamericanos, decidimos incluir este glosario para que sean mejor comprendidas algunas palabras que están escritas.

Afanar : *Robar.*

Agarrar a trompadas : *Término usado para referirse a una riña violenta.*

Andar en la transa : *Estar en el negocio (generalmente vinculado a negocios ilegales, como el narcotráfico).*

Blanca : *Referencia a drogas, especialmente a la cocaína.*

Cagar a piñas : *Término usado para referirse a una riña violenta.*

Cana : *Término despectivo para referirse a la policía.*

Che : *Interjección utilizada en Argentina para denominar a una persona, aunque también se la suele utilizar en casos de asombro ("¡Pero che!"). Viene del guaraní "che" y en el Paraguay se lo utiliza como pronombre personal.*

Chorro : *Ladrón de poca monta.*

Chorrito : *Diminutivo de chorro.*

Caño : *Usualmente denomina a una cañería, pero en este texto específico se refiere al revólver.*

Clavar : *En Argentina, además de su uso literal, a "clavar" se lo utiliza para varias cosas: puede ser desde el acto de la penetración, o bien (como es en el caso de este libro) para referirse a comer.*

Colectivo : *Bus, metro, transporte público.*

Concha de tu madre : *Insulto fuertemente agresivo, que niega al otro.*

Conchudo,da : *Una persona desmesurada, irrespetuosa. También es un insulto fuertemente agresivo.*

Copado,da : *Alguien o algo que está bueno, que está bien.*

Crónica : *Si bien no es un argentinismo, sí es una referencia localista a un canal de televisión de tendencias amarillistas, conocido por anunciar primicias con unas placas roja.*

Cruz diablo : *Es una expresión usada para conjurar poderes malignos, o en este caso para negar enfáticamente ser policía.*

Factura : *Son copetines dulces que en la Argentina se comen durante el desayuno o las meriendas para acompañar una infusión.*

Faso : *Referencia a drogas, específicamente a un cigarrillo de marihuana.*

Ferrocarril Sarmiento : *Es una de las siete líneas que recorren el Gran Buenos Aires, es decir esas zonas que bordean a la ciudad de Buenos Aires. El Ferrocarril Sarmiento (o Línea Sarmiento) abarca 16 paradas desde la estación Once de Septiembre hasta Moreno. Paso del Rey es la penúltima de ellas.*

Fundir : *Cuando una empresa, un emprendimiento, entra en la quiebra se dice que "se fundió".*

Gatillo fácil : *Término del Río de la Plata para referirse al uso indiscriminado de la policía de ejercer su poder violentamente sobre los ciudadanos, en general sobre las clases populares.*

Guachín : *Como el "guey" de México o el "weón" de Chile son formas de referirse a una persona joven de manera informal.*

Guita : *Dinero.*

Mina : *Mujer.*

Molinete : *Torniquete, barrera física que sirve para verificar el acceso de una persona a un espacio determinado como un estadio, una empresa o un transporte público.*

Negrito,ta : *Forma despectiva de llamar a los habitantes de las clases populares por parte de la clase media, media alta, o alta en Argentina, en base al color de su piel.*

Paco : *Referencia a drogas, en este caso a la pasta base de cocaína que es una mezcla de químicos con residuos de cocaína y que por su bajo costo lo consumen todas las clases en Argentina, desde las populares hasta las altas.*

Pegatina : *Término con el que se denominan generalmente a los afiches políticos.*

Pelotudo,da : *Insulto fuertemente agresivo.*

Pendejo,ja : *En otros países, esta palabra puede ser usada como insulto pero en Argentina se refiere a los adolescentes o más grandes que pretenden ser adolescentes.*

Pibe : *Joven, adolescente.*

Pollera : *Falda externa del vestido femenino.*

Putear : *Insultar.*

Radicheta : *Dícese de un partidario de la Unión Cívica Radical (UCR), uno de los partidos más históricos en la Argentina. Radicheta se lo utiliza de manera despectiva.*

Remise : *El remise (o remís) es un automóvil con conductor que sirve para hacer trayectos particulares de pasajeros, y generalmente se lo utiliza en regiones fuera de la ciudad de Buenos Aires. La diferencia básica con el taxi es que el remise se pide en una agencia especializada.*

Tiene aguante : *Decir que algo "tiene aguante" se refiere a algo o alguien que soporta agresiones, insultos, o que suele utilizar la fuerza.*

Viejo,ja : *En el Río de la Plata se suele llamar cariñosamente de esa forma al padre o a la madre.*

Villa Sambrizzi : *Es uno de los 17 barrios que conforman la ciudad de Paso del Rey, en el partido de Moreno, en el oeste del mencionado Gran Buenos Aires, a 25 kilómetros de la ciudad de Buenos Aires.*

Zona liberada : *Se supo llamar de esa forma en Argentina durante la última dictadura militar (1976 – 1983) al "permiso" que tenían los grupos de tareas de esa dictadura para secuestrar a militantes populares. Con los años ese término cambió para denominar al "permiso" que los policías dan a los delincuentes para poder robar en diversos barrios, previo acuerdo entre ambas partes.*

Biografía del autor

Julián **Marcel** nació en Paso del Rey, provincia de Buenos Aires, Argentina, en agosto del año 1983. Desde los quince años ensaya ficciones como una forma de matar el tiempo, pero también como una forma de ganar amigos. Ha editado tres libros, todos de poemas: **La Naturaleza de los Latidos**, en 2011; **Exiliado de Costumbres**, en 2013 y **Ojos como puñales** en 2016. Paralela su labor artística, ejerce el periodismo especializado en música escribiendo columnas de rock argentino en el sitio **Acá Pasan Cosas**, co-conduciendo el programa de tango **Volver Ni A Palos** por la radio web **La Rocker** y ejerciendo el rol de Jefe de Contenidos en la revista **BA Jazz Magazine**, la única especializada en esta música en Argentina. Además, mantiene desde el año 2010 su blog que es permanentemente actualizado con poemas, **Las Promesas Conservadas**. En los ratos libres, mientras no escribe, se dedica a vivir.

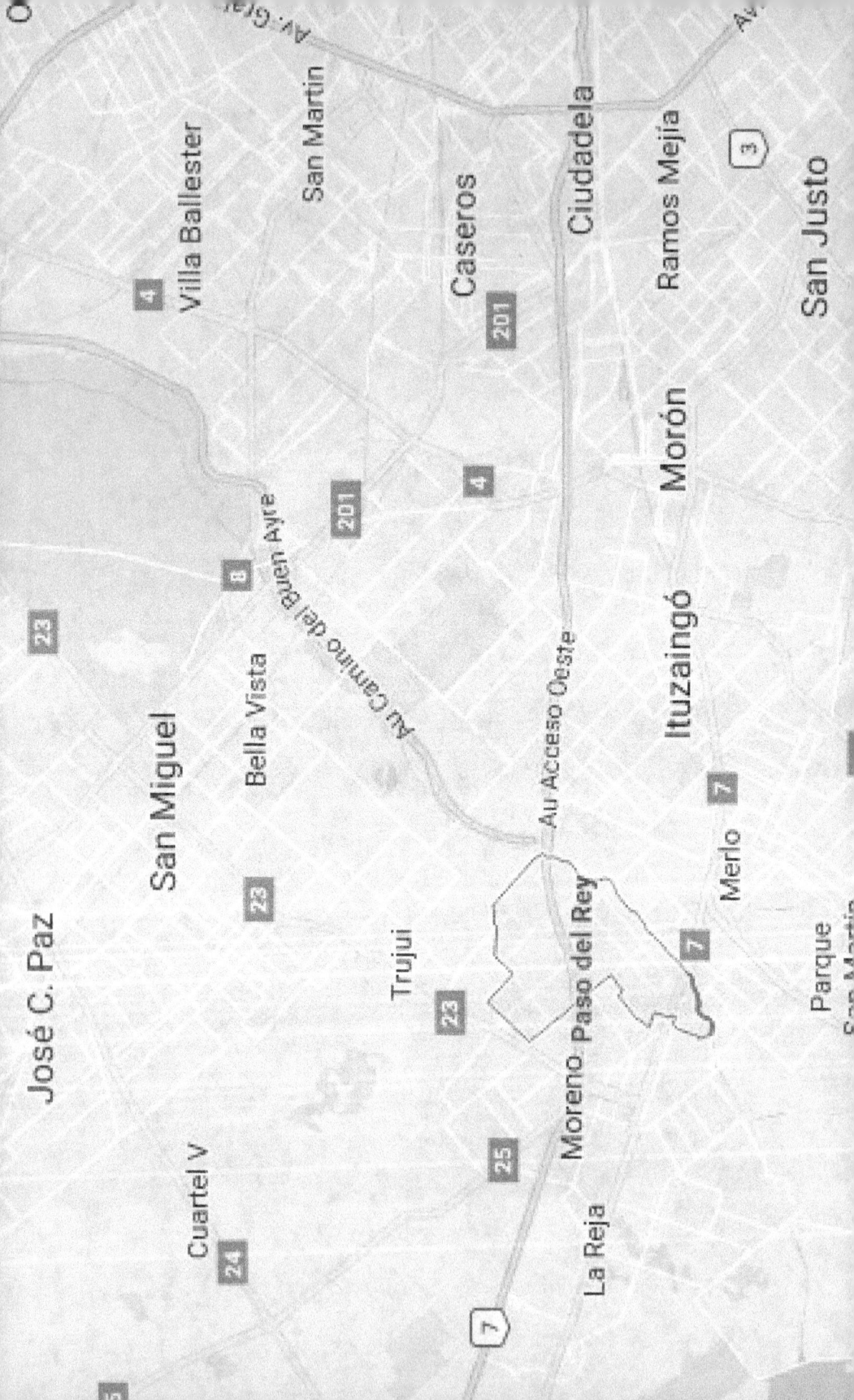

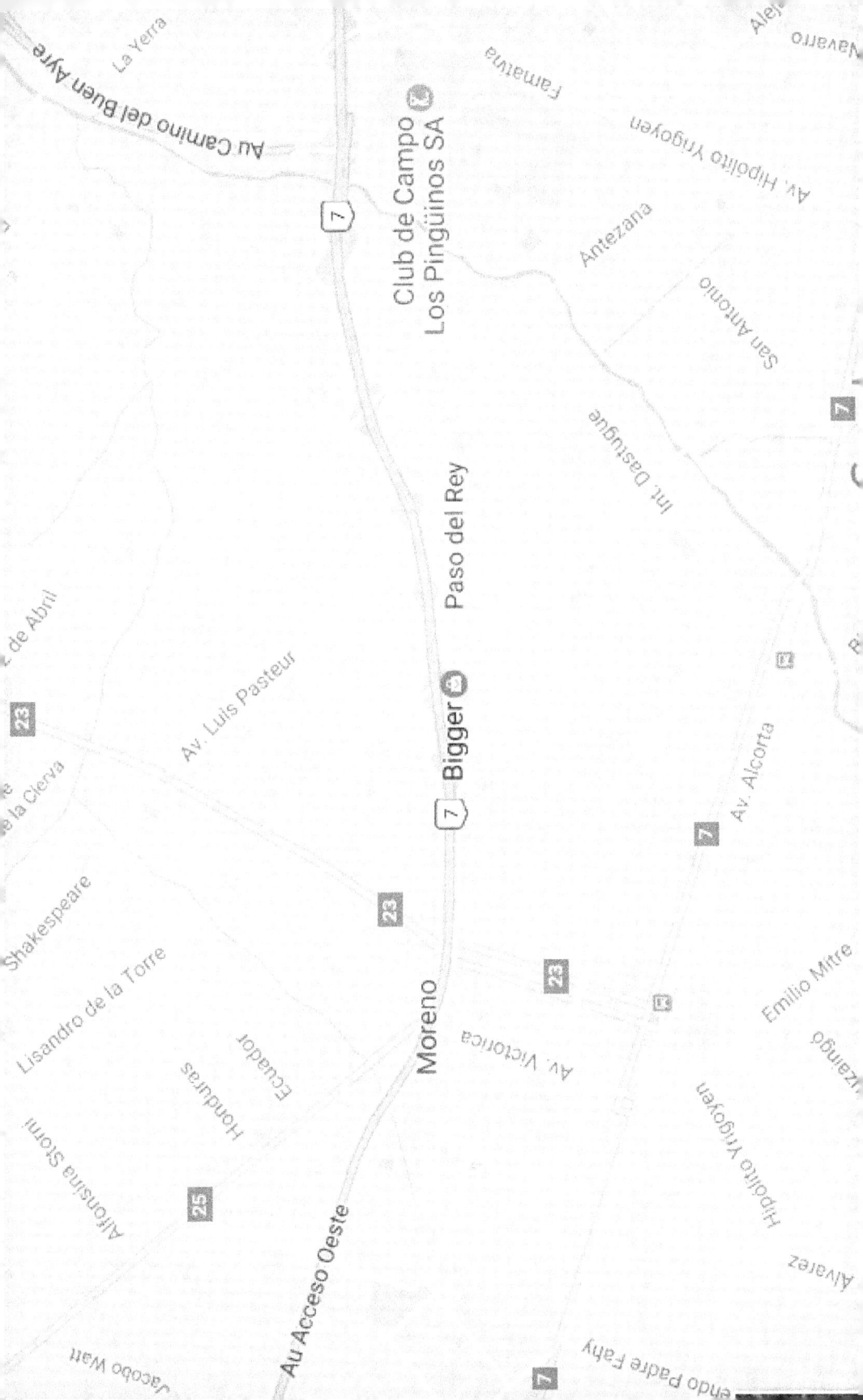

VILLA SANGUINETTI
Vélez Sársfield
Almte Brown
Martín Lacarra
Virgilio
Edison
Camino de la Ribera
Olegario Andrade
Pío XII
Barrio 25 de Mayo
Reverendo padre Varvello
Corrientes
Callao
Alejandro Graham Bell
Mendoza
José Hernández
Misiones
Salvador María del Carril
Morón
Azul
El Jilguero
Int. Dastugue
Barrio 25 de Mayo
Facundo Quiroga
Copernico
Misiones
Yapeyú
Pío XII
Soldado Roberto Derrico
Independencia
Morón
Callao
Arribeños
Callao
Cjal. Pellico
Gral. Guido
Morón
Yapeyú
Quilmes
Int. Corvalán
Samuel M
Dean Funes
Entre Ríos
La Tropilla
Soldado Roberto Derrico
Arribeños
Arribeños
Callao
Estacion de Servicio
Mele Brocca SRL
Lincoln
Vicente López y Planes
Sta Fe
Gral. Guido
Córdoba
Concordia
Defensa
Quilmes
Int. Corvalán
Justo Daract
Av. Alcorta
de Mayo
7
7

Tabla de materias

Colofón

Este libro se imprimió mecánicamente, no sabemos dónde ni cuándo, por algún robot dedicado a la impresión bajo demanda. Por lo tanto, nos es imposible indicar cuántos ejemplares han sido producidos a la fecha ni cuántos lo serán en el futuro. Esperamos que se haya usado papel Bond blanco y una tapa de cartulina polilaminada a color, con una encuadernación rústica mediante *hotmelt*. Por lo menos estamos seguros de haber usado la tipografía *Book Antigua*, en varios tamaños y variantes, para la mayoría de su interior.

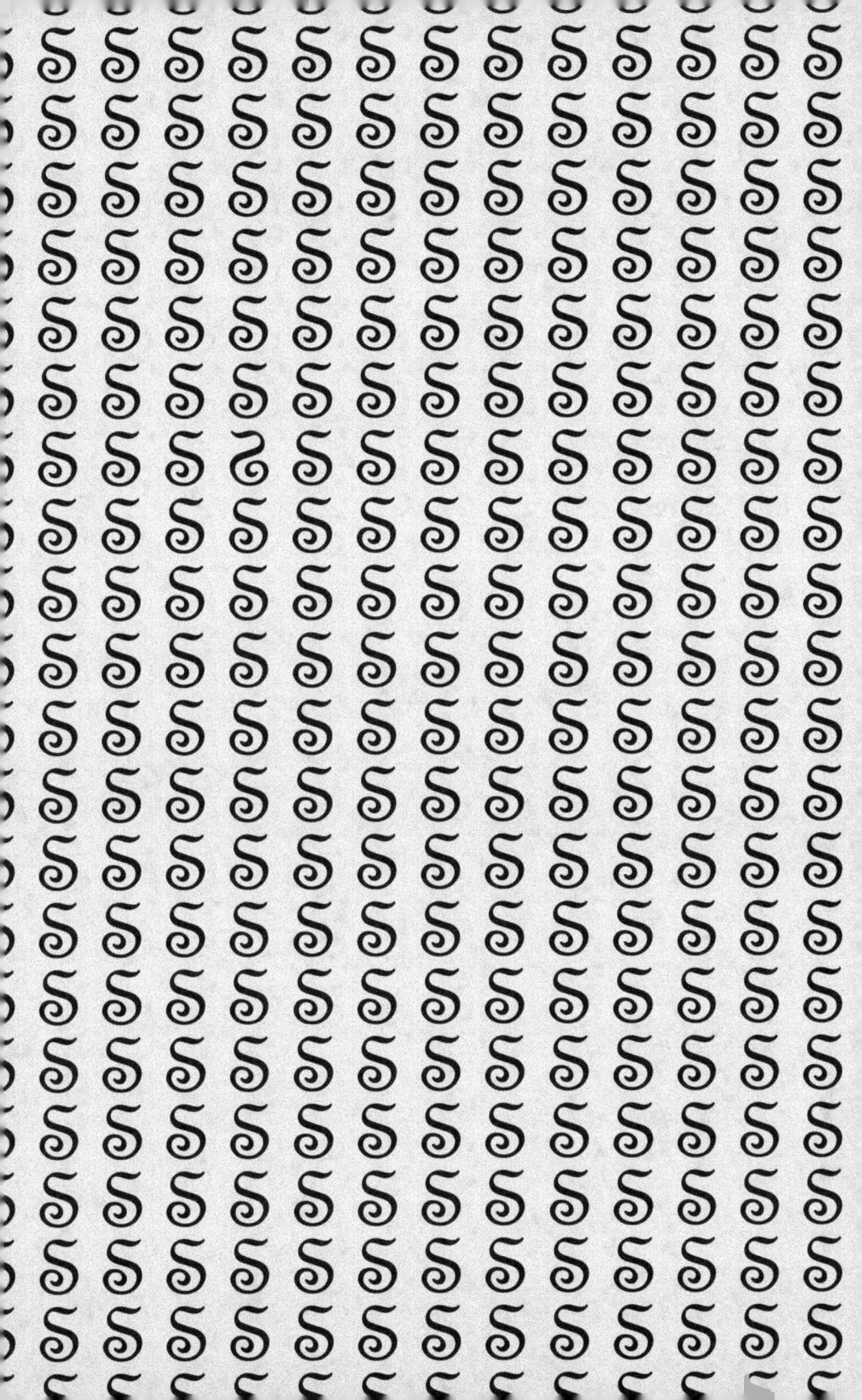

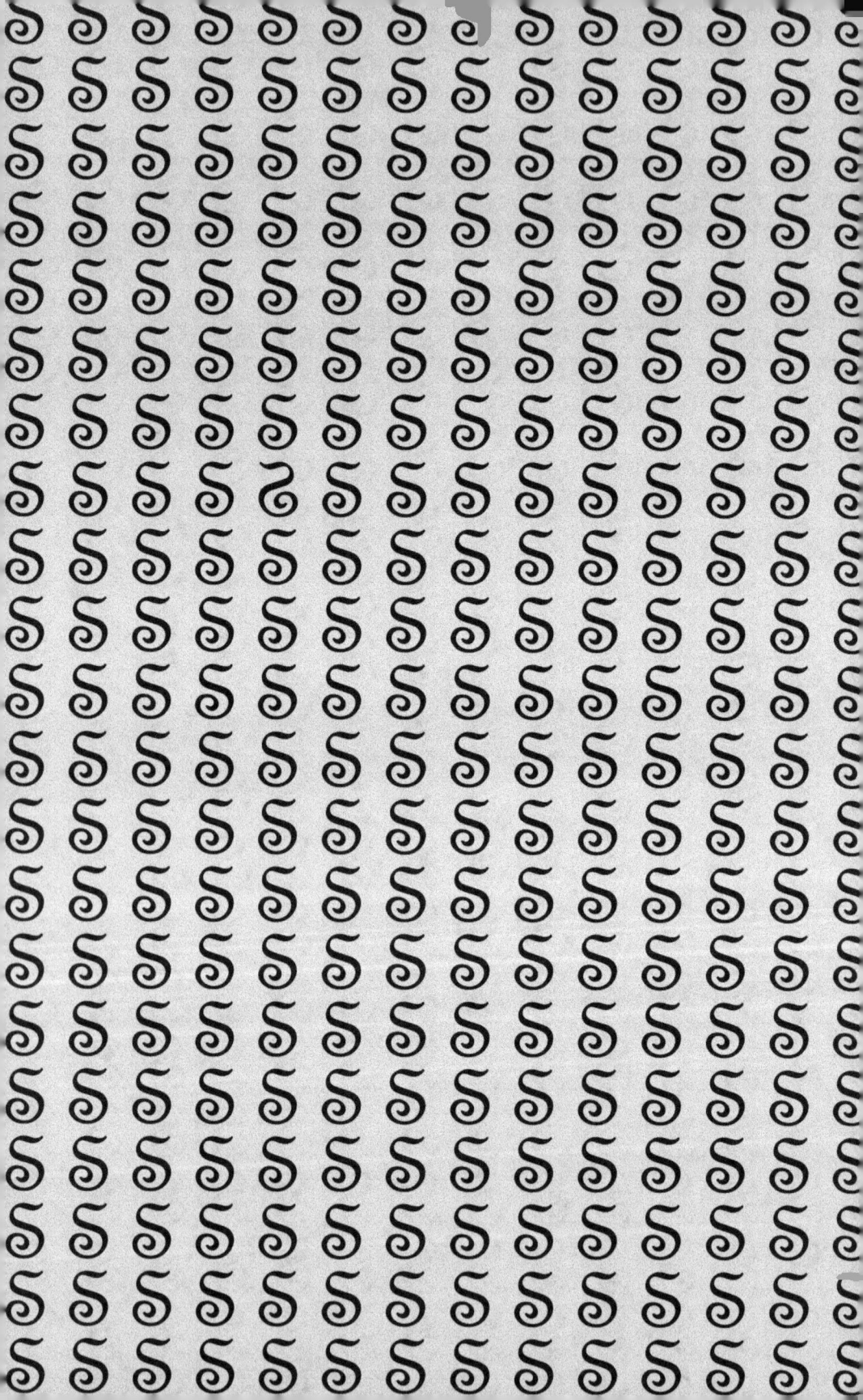

www.ingramcontent.com/pod-product-compliance
Lightning Source LLC
Chambersburg PA
CBHW060427260626
47161CB00005B/1821